江西红色旅游词咏

许世德 著

线装书局

图书在版编目（CIP）数据

江西红色旅游词咏 / 许世德著. -- 北京：线装书局，2022.11
ISBN 978-7-5120-5280-2

Ⅰ.①江… Ⅱ.①许… Ⅲ.①词（文学）-作品集-中国-当代 Ⅳ.①I227.8

中国版本图书馆 CIP 数据核字（2022）第 226126 号

江西红色旅游词咏
JIANGXI HONGSE LVYOU CI YONG

作　　者：	许世德
责任编辑：	程俊蓉
出版发行：	线装书局
地　　址：	北京市丰台区方庄日月天地大厦 B 座 17 层（100078）
电　　话：	010-58077126（发行部）010-58076938（总编室）
网　　址：	www.zgxzsj.com
经　　销：	新华书店
印　　制：	天津兴湘印务有限公司
开　　本：	880mm×1230mm　1/32
印　　张：	8
字　　数：	120 千字
版　　次：	2023 年 2 月第 1 版第 1 次印刷
印　　数：	0001-3000 册

定　　价：48.00 元

自序

　　我自2014年冬涉入诗坛以来，笔耕不辍，作品颇丰。已完成的诗稿有：《开国将帅诗赞》《叶剑英诗传》《习仲勋诗传》《习语感怀》《焦裕禄词传》《学习马列著作感怀》《诗诵党史忆烽烟》《改革开放词咏》《半生诗梦》《黑与白》等。

　　其中，诗集《开国将帅诗赞》在2019年由CCTV我爱你中华《声影星迹》栏目组制作成专题片，作为献礼伟大新中国70周年华诞荣耀中国系列电视节目之一。诗集《八闽红色旅游词情》在2020年11月由百花洲文艺出版社出版。另外，2015年12月，在文化部艺术发展中心文化艺术规划院举办的纪念毛主席诞辰123年周年活动中，我的《开国将帅诗赞》诗词荣获红色诗词创作特等奖。

　　闲话休提，言归正传。

　　作为一个热衷于红色文化的江西墨客，多年来，一直想为曾经养育过我、并将继续滋养我的家乡写本书。

　　众所周知，在江西这片神奇的红色土地上，有中国工人运动的策源地——安源；有打响革命第一枪的英雄城——南昌；有中国革命的摇篮——井冈山；有红军万里长征的起点——瑞金；等等……

　　在这片红色土地上，有2344处革命遗址。这些革命遗址，铭刻着中国共产党人和中国人民在江西为民族独立和人民解放而英勇奋斗的光辉历程。如：从安源工人运动到秋收起义，从八一南昌起义到井冈山斗争，从开创瑞金中央革命根据地到红军长征，从赣南三年游击战争到上饶集中营茅家岭。等等……它们蕴含着中国共产党人和中国人民艰苦奋斗、不屈不挠、一往无前、敢于胜利的革命精神。它们是中国革命之江西的重要历史见证，是宝贵的革命历史文化遗产，是中华民族物质和非物质文化遗产的重要组成部分，也是人类文明史上独特的文化遗存。

正是在这种红色文化的熏陶下，家乡情怀的驱动下，以词述史、以词筑魂、传承红色基因光荣使命的鞭策下，《江西红色旅游词咏》应运而生了。

在这本书中，共收入了300首词。分别以南昌、九江、景德镇、萍乡、新余、鹰潭、赣州、宜春、上饶、吉安、抚州十一个地区的革命活动遗址为线索歌咏浓郁的红色文化，内容涵盖了从旧民主主义革命到新民主主义革命时期所有的革命历史活动，以及改革开放以后的巨大社会变迁。

我的初衷是：希望广大读者跟随我，一起走进江西这块神圣的土地，去追寻革命前辈留下的足迹。睹物怀人，让我们共同去感受当年燎原火种的余热，去触摸当年如火如荼、叱咤风云的革命斗争的脉搏，去体会革命领袖和革命前辈在江西这块红土地上奔波求索、披荆斩棘、含辛茹苦为民族解放、民族振兴的爱国情怀。

诗词要求语言凝练，篇幅短小。我力求以有限的文字去表现无限的心灵感受。在表达技巧上，我灵活运用各种修辞手法。如：1、双关。"……井底涌神泉，人民欢乐，饮水思源。"（《怨三三·参观棋盘山会议旧址有寄》）中的"神泉"，兼指神泉乡。2、用典。"……逃敌个个喘吁吁，一路狂奔真个似黔驴！"（《南歌子·参观南昌起义贡院战斗遗址有寄》）中的"黔驴"，即化用典故"黔驴技穷"。3、倒装。"……惹心沸、平添无畏，信心足义战。"（《归田乐·参观红军无线电总队旧址有寄》）中的"信心足义战"，即为"义战信心足"。

在用韵方面，考虑到词谱的平仄已定，并且因为有好些字在古时属仄声，现在已经变为平声了，所以只能根据主题内容灵活运用新韵或旧韵。300首词中，运用《中华通韵》的有245首，运用《词林正韵》的有55首。

诗词创作过程中，福建省政协委员张文亮先生、许宝力先生给我提出了不少宝贵意见，在此表示感谢。书法家严定岩老师、梁建国老师、蔡世珍老师、许永文老师、崔春田老师、邱世强老师、许建章老师、孙云东老师、许兰武老师、许世章老师（按书法插图顺序排名）纷纷拨冗为词集泼墨，使词集增色不少，在此也一并致谢。另外，也要感谢许国立先生题写书名。

最后，我要说的是：由于诗词创作过程中斟酌得还不够，加上自身诗词功底较为浅薄，诗稿中瑕疵和弊病肯定不少，恳请读者朋友不吝赐教。谢谢！

是为序。

许世德
2020年10月18日于北京

目录 CONTENTS

自序 …………………………………………………………… 1

一、南昌

胜州令·南昌 ………………………………………………… 001
江城子·参观新建县红一军团总部旧址有寄 ……………… 004
天仙子·参观八一起义部队驻地旧址有寄 ………………… 005
平湖乐·参观安义县龙津镇红军纪念亭有寄 ……………… 005
赞浦子·参观南昌文化书社遗址有寄 ……………………… 006
女冠子·明星书社 …………………………………………… 006
中兴乐·参观江西省农民协会遗址有寄 …………………… 007
浣溪沙·瞻仰南昌县革命烈士纪念塔有寄 ………………… 007
醉垂鞭·参观江西省农民运动讲习班遗址有寄 …………… 008
南歌子·参观南昌起义贡院战斗遗址有寄 ………………… 008
荷叶杯·参观江西革命烈士纪念堂有寄 …………………… 009
望江南·参观八一南昌起义纪念塔有寄 …………………… 009
梧叶儿·参观西湖区改造社遗址有寄 ……………………… 010
渔歌子·参观新四军驻赣办事处遗址有寄 ………………… 010
如梦令·参观八一起义总指挥部旧址与八一起义纪念馆有寄 011

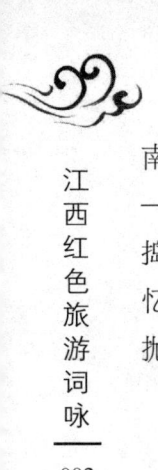

南乡子·参观南方红军游击队总接洽处遗址
——南昌月宫饭店有寄…………………………………… 012
捣练子·参观扬子洲农民协会纪念碑有寄………………… 012
忆王孙·参观谢埠战斗遗址有寄…………………………… 013
抛球乐·参观新四军军部旧址与新四军军部旧址陈列馆有寄 014

二、九江

翠羽吟·九江……………………………………………… 015
减字木兰花·参观国民革命军第 25 师起义爆发地
——九江县马回岭镇老火车站有寄………………… 017
生查子·参观中共瑞昌县委旧址………………………… 018
遐方怨·参观中共武宁县委、县苏维埃政府旧址……… 019
卜算子·参观红军三打横路战斗遗址有寄……………… 020
何满子·参观工农革命军第一军第一师师部旧址……… 020
添声杨柳枝·参观中共赣北特委（赣北分区委）旧址有寄… 021
酒泉子·参观中共湘鄂赣省委、省苏维埃政府旧址有寄… 022
蝴蝶儿·参观少共湘鄂赣省委旧址……………………… 023
诉衷情·参观湘鄂赣省红军医院旧址有寄……………… 024
采桑子·参观湘鄂赣省赤色总工会旧址有寄…………… 025
殿前欢·参观中共永修县委旧址有寄…………………… 026
水仙子·参观江西工农红军游击第八纵队诞生地有寄… 027
霜天晓角·参观德安县苏维埃政府旧址有寄…………… 028
菩萨蛮·参观中共德安县第三次代表大会旧址
——彭山云水寺有寄………………………………… 029
一落索·参观星子暴动遗址有寄………………………… 029
谒金门·参观湖口县革命委员会旧址有寄……………… 030

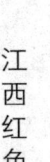

柳含烟·参观江桥战斗指挥部旧址有寄……………………031
杏园芳·参观中共都昌小组旧址清隐寺有寄………………032
雪花飞·参观新四军都昌留守处旧址有寄…………………033
沙塞子·参观中共彭泽中心县委旧址有寄…………………034
水调歌头·棉船镇……………………………………………035
胡捣练·参观新四军江南挺进支队智歼日寇遗址
——彭泽县太平关乡望夫山有寄……………………036
庆金枝·参观九江人民收回英租界旧址有寄………………036
月华清·参观小划子会议遗址——甘棠湖有寄……………037
忆少年·瞻仰九江革命烈士陵园有寄………………………038
好事近·参观中共秘密商议南昌起义旧址
——庐山仙岩饭店有寄………………………………039

三、景德镇

凤池吟·景德镇…………………………………………………040
华清引·参观中共乐平特别支部遗址有寄…………………042
阮郎归·参观赣东北行动委员会、解放军第十五军军部旧址…043
西地锦·参观乐平县第一、第二次工农兵代表大会会址
暨文山缩编旧址………………………………………044
落梅风·参观红十军建军旧址有寄…………………………045
占春芳·参观红十军聚力井旧址有寄………………………046
秋蕊香·参观赣东北十三县雇农代表大会旧址有寄………047
忆馀杭·参观中共浮梁特别支部遗址有寄…………………048
朝中措·参观中共浮乐婺中心县委、中心县苏维埃政府
旧址有寄………………………………………………048
少年游·参观中共河西县委、县苏维埃政府旧址有寄……049

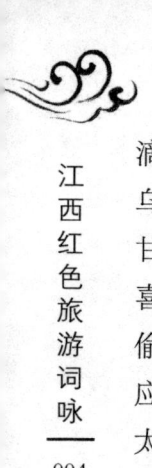

滴滴金·参观中共秋浦县委、县苏维埃政府旧址有寄……… 049
乌夜啼·参观中共皖赣分区委旧址有寄……………… 050
甘草子·参观皖赣分区苏维埃政府遗址有寄…………… 050
喜迁莺·参观中共浮至祁工委旧址有寄………………… 051
偷声木兰花·参观皖赣军分区遗址有寄………………… 051
应天长·参观少共皖赣分区委旧址有寄………………… 052
太常引·参观皖赣红军被服厂旧址有寄………………… 052
柳梢青·参观皖赣分区交通（邮政）局旧址有寄……… 053
醉花阴·参观红军北上抗日先遣队指挥部旧址有寄…… 053
月宫春·参观新四军驻瑶里留守处旧址有寄…………… 054
雨中花令·瞻仰程家山烈士陵园有寄…………………… 054
入塞·参观景德镇工人武装暴动策划会议旧址有寄…… 055
越江吟·瞻仰瓷都烈士陵园有寄………………………… 056
秋夜月·龙珠阁………………………………………………… 057
更漏子·参观抗战时期中共景德镇市委旧址有寄……… 058

四、萍乡

沁园春·萍乡………………………………………………… 059
望梅花·参观莲花县坊楼镇新枧村青年学会旧址有寄… 061
风光好·参观莲花党组织诞生地旧址有寄……………… 062
画堂春·参观九都红光小学旧址有寄…………………… 062
燕归梁·参观莲红色独立团旧址有寄…………………… 063
惜春令·参观莲花县坊楼镇沿背村红军医院一分院旧址有寄 063
海棠春·参观坊楼红光学校旧址有寄…………………… 064
品令·参观湘赣石印局旧址有寄………………………… 064
东坡引·参观中共湘东南特委旧址暨中共湘赣省

第一次代表大会旧址有寄……065
三字令·参观湘赣游击司令部旧址有寄……066
醉乡春·参观新四军莲花留守处旧址有寄……066
忆汉月·参观红四军、红五军会师遗址有寄……067
怨三三·参观棋盘山会议旧址有寄……067
塞翁吟·参观莲花一支枪纪念馆有寄……068
孤馆深沉·瞻仰莲花县革命烈士纪念馆有寄……069
天门谣·参观安源路矿工人补习夜校旧址有寄……069
万里春·参观安源路矿工人消费合作社旧址有寄……070
八声甘州·参观安源路矿工人俱乐部旧址有寄……071
锦园春·参观安源工农兵政府旧址有寄……072
望江东·参观安源路矿工人大罢工旧址……072
醉红妆·参观秋收起义部队第二团出发地旧址……073
菊花新·参观决定安源路矿工人大罢工党组织会议旧址有寄 074
凤来朝·参观安源路矿工人大罢工谈判处旧址有寄……075
伊州令·参观秋收起义安源军事会议旧址有寄……076
秋夜雨·瞻仰萍乡革命烈士陵园有寄……077
金盏子令·参观安源路矿工人运动纪念馆有寄……078
探春令·参观湘东苏维埃政府旧址有寄……079
引驾行·参观斑竹山起义旧址有寄……080
锯解令·瞻仰秋收起义烈士陵园有寄……080
西江月·夜游秋收起义广场有寄……081

五、新余

春风袅娜·新余……083
鬲溪梅令·参观分宜县苏维埃政府旧址有寄……085

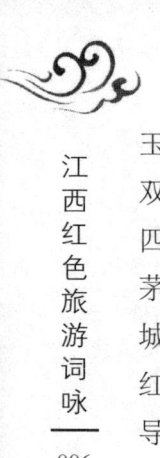

玉团儿·参观中共分宜中心县委旧址有寄……………………………… 085
双雁儿·参观芦塘渡口战斗遗址有寄……………………………………… 086
四犯令·参观铃岗岭战斗遗址有寄………………………………………… 087
茅山逢故人·参观中共花桥支部旧址有寄……………………………… 087
城头月·参观红一方面军总部旧址有寄………………………………… 088
红窗迥·参观红四军军部旧址有寄………………………………………… 089
导引·参观江西省苏维埃政府旧址有寄………………………………… 090
木笪·参观中共新峡县委、县苏维埃政府旧址有寄………………… 091
折桂令·参观湘赣边区袁水分区抗日挺进第一师
师部旧址有寄…………………………………………………………………… 092
折丹桂·参观花桥暴动遗址有寄…………………………………………… 093
竹香子·参观罗坊会议旧址有寄…………………………………………… 093
促拍采桑子·参观兴国调查会旧址有寄………………………………… 094
采鸾归令·参观罗坊会议纪念馆有寄…………………………………… 094
使牛子·瞻仰新余革命烈士纪念碑有寄………………………………… 095
留春令·瞻仰九龙山革命烈士纪念碑有寄……………………………… 095

六、鹰潭

龙山会·鹰潭………………………………………………………………………… 096
花前饮·参观赣东北红军独立第一团第七连连部旧址有寄……… 098
寻芳草·参观中共贵南县委、县苏维埃政府遗址有寄……………… 099
望仙门·参观新四军驻上清留守处旧址有寄………………………… 099
青门引·参观大闹天师府旧址有寄……………………………………… 100
梁州令·参观贵溪县解放纪念地有寄…………………………………… 100
倾杯令·瞻仰库桥革命烈士纪念碑有寄………………………………… 101
破字令·瞻仰白田革命烈士纪念塔有寄………………………………… 101

河传·瞻仰周坊革命烈士纪念塔有寄……………………… 102
恋绣衾·瞻仰闽坑革命烈士纪念亭有寄………………… 102
梅弄影·参观贵溪革命烈士纪念馆有寄………………… 103
红窗听·参观鸿鹤嘴暴动遗址有寄……………………… 103
鹦鹉曲·参观余江县革命烈士纪念馆有寄……………… 104

七、赣州

满庭芳·赣州………………………………………………… 105
珍珠令·参观中共江西省委旧址有寄…………………… 106
金错刀·参观国民革命军第十四军共产党员会议旧址有寄… 107
菩萨蛮·参观中共赣州特支成立大会旧址——郁孤台有寄… 108
河渎神·参观筹组赣州总工会会议旧址………………… 108
杏花天·参观赣州第一次工人代表大会旧址有寄……… 109
恨来迟·参观红军攻打赣州遗址有寄…………………… 109
珠帘卷·参观楼梯岭会议旧址有寄……………………… 110
归去来·参观中共中央华南分局扩大会议旧址有寄…… 111
献天寿·参观水东坝上红军标语有寄…………………… 112
浪淘沙令·瞻仰赣州市革命烈士纪念馆有寄…………… 113
上林春令·参观白鹭红军医院旧址有寄………………… 113
双鸂鶒·参观大埠农民暴动遗址有寄…………………… 114
双头莲令·参观中共赣西南特区委南路分委旧址有寄… 114
黄鹤洞仙·参观龙头修械处旧址有寄…………………… 115
金莲绕凤楼·参观白鹭会议旧址有寄…………………… 115
天下乐·参观大屋下红军标语（漫画）墙有寄………… 116
荔子丹·参观中共南康临时县委旧址有寄……………… 116
临江仙·参观南康县革命委员会旧址有寄……………… 117

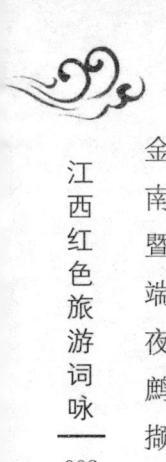

金凤钩·参观横石井区革命委员会旧址有寄……………… 118
南乡一剪梅·参观中共信丰县委、县苏维埃政府旧址
暨红二十二军干部学校校址有寄……………… 118
端正好·参观油山游击队交通站旧址有寄……………… 119
夜行船·参观中共粤北省委旧址有寄……………… 119
鹧鸪天·参观西渡桃江战斗遗址有寄……………… 120
撷芳词·参观新田红军标语墙有寄……………… 121
醉高歌·参观赣南支队司令部旧址有寄……………… 121
伊州三台·参观大余整编旧址有寄……………… 122
芳草渡·参观红五军宿营地旧址有寄……………… 123
卓牌子·参观三南游击队集中地旧址有寄……………… 123
江月晃重山·参观红三军团政治部旧址有寄……………… 124
凤衔杯·参观中共河西道委旧址有寄……………… 124
梅花引·参观中共崇义县委旧址有寄……………… 125
荷叶铺水面·参观新四军驻思顺通讯站旧址有寄…… 126
清江曲·参观上堡整训旧址有寄……………… 127
惜春郎·参观工农红军第23纵队兵工厂旧址有寄…… 128
玉楼春·参观安远县苏维埃政府旧址有寄……………… 129
一斛珠·参观中共九连山区临时工委、粤赣边人民义勇军
总队旧址有寄……………… 129
夜游宫·参观红四军召开群众会议遗址有寄……………… 130
思归乐·参观红一方面军总司令部旧址有寄……………… 130
鹊桥仙·参观中革军委总政治部旧址有寄……………… 131
虞美人·参观红一方面军总交通队旧址有寄……………… 132
徵招调中腔·参观宁都起义总指挥部旧址有寄……………… 132
二色宫桃·参观江西省苏维埃政府旧址有寄……………… 133
玉阑干·参观黄陂农民暴动旧址有寄……………… 134

鼓笛令·参观中共赣南省委旧址有寄…………………………… 134
茶瓶儿·参观赣南省三级干部大会旧址有寄………………… 135
市桥柳·参观江西省苏维埃政府造币厂旧址有寄…………… 135
蝶恋花·参观兴国将军园有寄…………………………………… 136
接贤宾·参观苏区干部好作风陈列馆有寄…………………… 136
归田乐·参观红军无线电总队旧址有寄……………………… 137
遍地锦·参观中央土地人民委员部旧址有寄………………… 138
步虚子令·参观中央工农检察人民委员部旧址有寄………… 138
宜男草·参观中央劳动人民委员部旧址有寄………………… 139
一剪梅·参观中央土地人民委员部山林水利局旧址有寄…… 139
踏莎行·参观红色中华新闻台旧址有寄……………………… 140
柳摇金·参观中华苏维埃共和国总金库旧址有寄…………… 140
散天花·参观红军检阅台有寄………………………………… 141
冉冉云·参观粤赣军区总指挥部旧址有寄…………………… 141
七娘子·参观红四军医院旧址有寄…………………………… 142
荷华媚·参观寻乌调查旧址有寄……………………………… 142

八、宜春

汉宫春·宜春………………………………………………………… 143
锦帐春·参观宜萍县苏维埃政府旧址有寄…………………… 144
倚西楼·参观中共湘鄂赣省委、省苏维埃政府旧址有寄…… 145
寻梅·参观大埠桥会议旧址有寄……………………………… 145
小重山·参观店下红军桥有寄………………………………… 146
厅前柳·参观富家渡乡赤卫队旧址有寄……………………… 146
朝玉阶·参观抗日战争时期中共高安县委旧址有寄………… 147
系裙腰·参观华林农民暴动集结地旧址有寄………………… 147

玉堂春·参观红四军军人大会遗址有寄……………	148
惜琼花·参观洲溪红军对联遗迹有寄……………	148
花上月令·参观东边红军标语遗迹有寄…………	149
渔家傲·参观第七区农民协会旧址有寄…………	150
后庭宴·参观工农革命军第一军第一师第三团团部旧址有寄	151
明月逐人来·参观工农革命军第一师第三团第一营营部旧址有寄…………………………………	151
醉春风·参观工农革命军第三团回师铜鼓旧址有寄	152
唐多令·参观中共铜鼓县委旧址有寄……………	152
双韵子·参观幽居会议旧址有寄…………………	153
步蟾宫·参观丰田战斗遗址有寄…………………	153
定风波·参观红16师、红17师会师旧址有寄	154
金蕉叶·参观秋收起义铜鼓纪念馆有寄…………	155
瑞鹧鸪·参观秋收起义阅兵广场有寄……………	156
盐角儿·参观中共万载县委旧址有寄……………	156
翻香令·参观中共湘鄂赣省委旧址有寄…………	157
献衷心·参观湘鄂赣省苏维埃政府旧址有寄……	157
摊破南乡子·参观湘鄂赣省军区旧址有寄………	158
恨春迟·参观湘鄂赣革命纪念馆有寄……………	158

九、上饶

醉蓬莱·上饶………………………………………	160
楼上曲·参观新四军驻上饶办事处旧址有寄……	161
家山好·参观二野五兵团军政干部学校第五分校旧址有寄…	162
苏幕遮·参观上饶集中营周田监狱旧址有寄……	163
玉楼人·参观上饶集中营茅家岭监狱旧址有寄…	163

破阵子·参观上饶集中营革命烈士陵园有寄	164
麦秀两岐·参观乌鸦弄战斗遗址有寄	165
黄钟乐·参观甘溪战斗宿营地有寄	165
少年心·参观上饶集中营李村高干禁闭室旧址有寄	166
鞓红·参观广丰红军医院旧址有寄	167
侍香金童·参观红军岩与红军岩纪念亭有寄	167
凤孤飞·参观中国工农红军北上抗日先遣队纪念碑有寄	168
赞成功·参观弋横武装起义指挥部旧址有寄	168
垂丝钓·参观中共闽浙赣省委旧址有寄	169
解佩令·参观闽浙赣省军区总指挥部旧址有寄	170
三奠子·参观闽浙赣省"四部一会"旧址有寄	171
握金钗·参观闽浙赣省少年先锋总队、省儿童局旧址有寄	172
胜胜令·参观闽浙赣省反帝拥苏大同盟、省互济总会旧址有寄	172
拨棹子·参观中国工农红军学校第五分校旧址有寄	173
凤凰阁·参观金鸡山战斗旧址有寄	174
甘州遍·参观闽浙赣省红军操场旧址有寄	175
殢人娇·参观九区青年社旧址有寄	176
青玉案·参观漆工镇暴动纪念馆有寄	177
看花回·参观红十军团军政委员会旧址有寄	177
缑山月·参观龙头山革命烈士纪念馆有寄	178
玉梅令·参观黄村会议旧址有寄	178
钿带长中腔·参观中共赣东北特委、特区革命委员会旧址暨富林会议会址有寄	179
月上海棠·参观珠湖暴动革命烈士纪念馆(塔)有寄	180

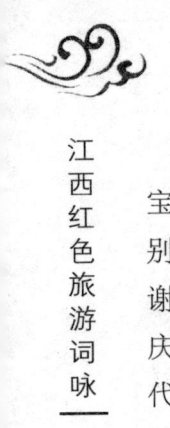

十、吉安

宝鼎现·吉安 … 181
别怨·参观新四军驻吉安通讯处旧址有寄 … 182
谢池春·参观东固平民银行旧址有寄 … 183
庆春泽·参观东固平民学校旧址暨中共赣西第一次代表大会会址有寄 … 184
行香子·参观东固消费合作社旧址有寄 … 185
两同心·参观东固赤色邮局、东固药材部旧址有寄 … 185
拾翠羽·参观吉安市青原区文陂乡渼陂村红四军军部旧址有寄 … 186
鬓边华·参观江西省行动委员会旧址有寄 … 187
惜黄花·参观江西省苏维埃政府旧址有寄 … 188
卓牌子近·参观江西省赤色总工会旧址有寄 … 189
惜奴娇·参观青原山红军医院旧址有寄 … 190
扫地舞·参观红一方面军无线电训练班旧址有寄 … 191
辊绣毬·参观二七会议旧址有寄 … 191
撼庭竹·参观中共赣西南第一次代表大会旧址有寄 … 192
喝火令·参观东固革命根据地博物馆有寄 … 193
忆帝京·参观中共前敌委员会、中共湘赣边界特委旧址有寄 … 194
粉蝶儿·参观中共湘赣边界特委旧址有寄 … 195
三登乐·参观新遂边陲特别区工农兵政府旧址有寄 … 196
隔浦莲近拍·参观湘赣边界工农兵政府旧址有寄 … 197
锦缠道·参观大井乡工农兵政府旧址有寄 … 198
且坐令·参观新遂边陲特别区工农兵政府公卖处旧址有寄 … 199
西施·参观湘赣边界防务委员会旧址有寄 … 200
于飞乐·参观红军被服厂旧址有寄 … 201

枕屏儿·参观红军物资转运站旧址有寄·················· 202
碧牡丹·参观红四军军需处旧址有寄···················· 203
百媚娘·参观红四军军官教导队旧址有寄················ 203
风入松·参观古城会议旧址有寄························ 204
临江仙引·参观象山庵会议旧址有寄···················· 205
传言玉女·参观柏露会议旧址有寄······················ 206
甘露歌·参观井冈山革命博物馆有寄···················· 207
檐前铁·参观万功山红旗碑与毛家坪集中缴械纪念碑有寄·· 208
厌金杯·参观军民大会旧址有寄························ 209
师师令·参观峡江会议旧址有寄························ 210
剔银灯·参观遂川县工农兵政府旧址有寄················ 211
寿山曲·参观工农革命军第一军第一师第一团团部旧址有寄 212
绕池游·参观工农革命军士兵委员会旧址有寄············ 213
贺熙朝·参观湘赣革命纪念馆有寄······················ 214
下水船·参观三湾改编纪念馆有寄······················ 215

十一、抚州

五福降中天·抚州·································· 216
木兰花·瞻仰抚州革命烈士陵园有寄···················· 217
解蹀躞·参观资溪县苏维埃政府遗址有寄················ 218
芭蕉雨·参观石门鸣山口伏击战遗址有寄················ 219
淡黄柳·参观康都会议旧址有寄························ 219
长生乐·参观渭水桥战斗旧址有寄······················ 220
千秋岁·参观乐安穷人会旧址有寄······················ 221
千年调·参观中共乐安中心县委旧址有寄················ 222
扑蝴蝶·参观登仙桥伏击战遗址有寄···················· 223

蕊珠闲·参观大湖坪整编旧址有寄…………………………… 224
秋蕊香引·参观红一方面军临时总前委第三次会议旧址有寄 225
隔帘听·参观中革军委会议旧址有寄……………………… 226
酷相思·参观广昌县革命烈士纪念馆有寄………………… 227
郭郎儿近拍·参观红军教导团旧址有寄…………………… 228
越溪春·参观红一方面军总部会议旧址有寄……………… 229
踏青游·参观黄陂战役纪念亭有寄………………………… 230
诉衷情近·参观中共闽赣省委、省革命委员会旧址有寄…… 231

一、南昌

胜州令·南昌

（中华通韵）

豫章故郡美。滕王阁特，百花洲翠。又还有：紫清山秀，瀑布座帘溪水。神龙潭里，脚鱼好似群英汇。众志壮，追梦成双对，百折不气馁，终与神龙会。

传说少叙，正传归：悠悠史。史情我今粗绘：灌婴始、构筑城池，封官置县景蔚。人兴业旺势催，赚得名声斐。往后盛衰，几度馋吾嘴，爱说功与罪，每使听者醉。

多少后生辈，百闻八一起义不累。眼角挂、几许珠泪，感动竟生心内。纷纷宣言：盛世誓把功添，爱岗敬业，让青春无悔！砥砺大道上，万苦绝不退！

今又是、登高俯瞰，喜南昌：月季妩媚。玉楼大厦畔，红旗正艳，映红花蕊。几棵百岁香樟，伴莲塘，风动摇树尾，更有鸟声碎。

注：

1. 豫章：南昌，为汉代豫章郡治。
2. 神龙潭：神龙潭又名脚鱼潭，是"豫章十景"之一。有神龙兴雨、脚鱼上天之民间传说。
3. 灌婴：据《汉书》记载，刘邦在垓下打败项羽之后，派大将灌婴率兵平定江南"吴、豫章、会稽郡"。灌婴平定豫章后，立即设官置县，首立南昌县为豫章郡之附郭，取吉祥之意"昌大南疆"、"南方昌盛"为县名。
4. 月季：南昌市市花。
5. 香樟：南昌市市树。
6. 莲塘：双关语，兼指南昌市南昌县莲塘镇。

严定岩,退休教师,毛体书法爱好者。

江城子·参观新建县红一军团总部旧址有寄

（中华通韵）

西山街上旧风云，去年春，又亲闻。万寿宫中，谁个料如神？一旦牛行车站克，其余匪，必惊魂。

城中白匪怕红军，隐藏深，杳无音。只见乌鸦，寂寂舞黄昏。路上红军声势壮，安义赴，在清晨。

注：
安义赴：1930年8月2日，红一军团由西山万寿宫开赴安义、奉新。

天仙子·参观八一起义部队驻地旧址有寄

（中华通韵）

李渡镇中来义士，夹道欢迎十几里。八一起义顺民心，感动意，人人溢。捐款送粮情意寄。

天主堂厅军事议，南下广东明日启。今朝且把地图明，更多事，谋划细。敢笑白军无法比。

平湖乐·参观安义县龙津镇红军纪念亭有寄

（中华通韵）

红军亭里忆红军，往事盈方寸。最是红军把民悯，惹人钦。

宣传革命精神奋，张贴标语，编排文艺，大道入人心。

赞浦子·参观南昌文化书社遗址有寄

（中华通韵）

往日东湖畔，谁销马列书？
借款开书社，桥旁店面租。

不幸军阀捣乱，几番践踏书屋。
毁柜焚书又，真真狗彘如！

注：
狗彘（zhì）：犬与猪。常比喻行为恶劣或品行卑劣的人。

女冠子·明星书社

（中华通韵）

明星书社，屋漏偏逢雨雪。屡查封，几许红书毁，催人怨恨生。

《新青年》货断，老顾客急疯。北洋军阀里，笑哼哼。

中兴乐·参观江西省农民协会遗址有寄

（词林正韵）

喜地欢天丁卯春，农民协会人人。委员选，如愿，掌声频。

农民运动农民盼，衣和饭，几回曾断，凄惨。幸好冤申！

浣溪沙·瞻仰南昌县革命烈士纪念塔有寄

（中华通韵）

抢渡抚河谢埠攻，英雄鲜血染河红。
换来解放震苍穹。

烈士碑前良久立，催生感慨漾心中。
吟诗一首慰英雄。

醉垂鞭·参观江西省农民运动讲习班遗址有寄

（中华通韵）

农运讲习班，叠山路，春秋谱。
经验老师传，热情骨干燃。

后来农运里，功劳立。
好儿男，屡屡克难关，终摧三大山。

南歌子·参观南昌起义贡院战斗遗址有寄

（中华通韵）

贡院白军占，东湖走狗趋。
南昌起义改时局，敌首闻风夜遁匿身躯。

义士追余匪，枪声响市墟。
逃敌个个喘吁吁，一路狂奔真个似黔驴！

注：
1. 东湖：此指南昌市东湖区，贡院所在地。
2. 黔驴：化用典故"黔驴技穷"。

荷叶杯·参观江西革命烈士纪念堂有寄

(中华通韵)

谁又缅怀先烈？诗客。
瞻仰友朋约，驱车无怕路途赊，一到暮阳斜。

纪念馆中心绪，难叙。
一忆旧时局，油然多次把躬鞠，伤感久唏嘘。

望江南·参观八一南昌起义纪念塔有寄

(中华通韵)

八一到，墨客念英雄。
纪念塔前一晌立，石浮雕畔两眸红。
往事漾心中。

丁卯夏，霹雳响苍穹。
攻打敌营齐放炮，欢呼胜利共飞觥。
热血沸还浓。

注：
1. 攻打敌营：双关语，兼指石浮雕"攻打敌营"。
2. 欢呼胜利：双关语，兼指石浮雕"欢呼胜利"。

梧叶儿·参观西湖区改造社遗址有寄

（中华通韵）

崇尚新文化，追随五四潮，谁个热情高？
马列西湖论，国情北室聊，改造竞妖娆。
黑暗尽、光明必到。

渔歌子·参观新四军驻赣办事处遗址有寄

（中华通韵）

北堂萱，东书院，花衰叶败因兵燹。
新四军，驻赣办，抗日救亡骨干。

赴八方，忙统战，感人事迹三千件。
化干戈，照肝胆，共灭倭奴功建。

注：
东书院：兼指南昌市东书院街，新四军驻赣办所在地。

如梦令·参观八一起义总指挥部旧址与八一起义纪念馆有寄

（中华通韵）

霹雳一声巨响,最是魂惊老蒋。
有了第一枪,南下广东通畅。
旗漾,旗漾。
指引红军方向。

星火燎原势广,钢铁长城雄壮!
歼寇灭敌心,解放全国梦想。
君讲,吾讲。
青史几多榜样。

注:
南下广东、星火燎原、解放全国:均兼指纪念馆展厅相关专题内容。

南乡子·参观南方红军游击队总接洽处遗址——南昌月宫饭店有寄

（中华通韵）

同志月宫迎，军事磋商到五更。
闻道前方，倭寇正增兵，雪发催人两鬓生！

磨剑为出征，个个红军竞请缨。
忍看九州，河碎又山倾，待我神针密线缝！

捣练子·参观扬子洲农民协会纪念碑有寄

（中华通韵）

心耿耿，势赳赳，农民协会写春秋。
斗豪绅，扬子洲。

分田地，垦荒丘，勤浇汗水盼丰收。
放牛郎，乐悠悠。

梁建国，号良玉，1947年生于北京，我国著名书法家、篆刻家。

忆王孙·参观谢埠战斗遗址有寄

（中华通韵）

淘尽英雄东逝水，多少浪、抚河空沸。
岸边诗客缅怀谁？久站立、频垂泪。

一一零团先锋队，今忆起、当年歼匪。
枪林弹雨勇冲锋，碧血洒、真无畏。

注：
抚河：1949年5月21日凌晨1时，我前卫第110团抢渡抚河，突进谢埠镇……

抛球乐·参观新四军军部旧址与新四军军部旧址陈列馆有寄

（中华通韵）

丁丑寒冬欣破冰,张勋公馆聚群英。
如何歼寇久商讨,个个心中热血腾。
国共一携手,前线何愁仗不赢。

二、九江

翠羽吟·九江

（中华通韵）

梦九江，又启航，一路棹歌扬。
下榻武宁，遍游修水又柴桑。
浅识庐山面目，闲赏湖口高腔。
喜永修、古樟迎客，荷花更送清香。

白鹤群舞在鄱阳，天鹅相伴，碧宇同翔。
处处风光醉客，多少特色，悉堆鱼米乡。
鲫鱼踊跃彭泽，道侣憩止都昌。
镜澈濂溪水，携故事、流向八方，去灌田间稻粱。
惹得群众乐繁忙，脱贫路上，誓做先锋，竞赴小康！

注：
1.武宁、修水、柴桑、庐山、湖口、永修、彭泽、都昌、濂溪：皆为地名，指九江下辖区县（市）。

2. 高腔：此指湖口县戏曲青阳腔。2006年，"湖口青阳腔"被列入首批国家级非物质文化遗产名录。

3. 古樟：九江市树为樟树。

4. 荷花：九江市花为荷花。

5. 白鹤、天鹅：九江有白鹤840余只，天鹅3000余只。

6. 鄱阳：此指鄱阳湖。

7. 鱼米乡：九江素有"鱼米之乡"盛誉。

8. 鲫鱼：此指彭泽鲫。

9. 携故事：周敦颐晚年移居江西庐山莲花峰下，峰前有溪，因取旧居濂溪以为水名，并自以为号，世称濂溪先生。

蔡世珍，男，字罕石，斋号存真堂。1948年生，河北省临城县人，现为中国书法家协会会员，中国老年书画研究会会员，中国新闻出版社书法家协会会员。

减字木兰花·参观国民革命军第25师起义爆发地——九江县马回岭镇老火车站有寄

（中华通韵）

马回岭镇，霹雳一声魑魅震。
起义国军，为赴南昌乐苦辛。

阻击张李，出鞘宝刀锋刃利。
张李仓皇，铩羽而归匿九江。

注：

张李：即张发奎和25师师长李汉魂。时二人在起义部队出发不久，率卫队乘火车追来，遭担任后卫任务的73团1营阻击，张李仓皇跳车逃回九江。

生查子·参观中共瑞昌县委旧址

——瑞昌市洪一乡大块地有寄

（中华通韵）

庚午瑞昌冬，县委初成立。
两度错杀人，焉不催人泣！

瘫痪惹人悲，日日愁无计。
革命路崎岖，往事今人忆。

注：

两度错杀人：1932年5月，罗荷英书记被当作"改组派"错杀，石林卿继任书记。1933年4月，石林卿等县委主要领导人又被当作"改组派"错杀，县委遂处于瘫痪状态。

遐方怨·参观中共武宁县委、县苏维埃政府旧址

——上汤乡九宫村有寄

（中华通韵）

西北部，九宫村。县委和县府，曾经历苦辛。
几番来扰是国军，抢光烧尽害人深。

百姓怨，后来申。革命从来苦，幸福须感恩。
若无先烈沐烽尘，何来今日四时春。

注：
西北部：此指武宁县西北部。

卜算子·参观红军三打横路战斗遗址有寄

（中华通韵）

国军太嚣张，围剿红军狠。
不料三番被我袭，横路枪声紧。

死伤好多人，还有枪支损。
余匪惊慌又失措，气焰几乎尽。

何满子·参观工农革命军第一军第一师师部旧址

——修水县义宁镇凤凰山路 136 号有寄

（词林正韵）

往日工农革命，九江修水曾临。
一军一师初成立，指挥经验堪贫。
受创三番难免，几多先烈成坟。

揩拭双眸血泪，幄中分析原因。
井冈山上根据地，润之谋略欣闻。
终又信心重启，号声嘹亮清晨。

添声杨柳枝·参观中共赣北特委（赣北分区委）旧址有寄

（中华通韵）

往日渣津故事多，汗青说。
赣北分区委员卓，救咱国。

领导人民操剑槊，敌阵破。
劣绅恶霸匿贼窝，被活捉。

注：
渣津：中共赣北特委旧址在修水县渣津镇渣津村匡上庚大屋。

酒泉子·参观中共湘鄂赣省委、省苏维埃政府旧址有寄

（中华通韵）

修水上衫，昔日屡遭兵燹。
历艰辛，湘鄂赣，省机关。

叹昨革命不平凡，缺弹少粮烦恼。
更愁人，魑魅闹，有千番。

注：
上衫：指修水县上衫乡上衫村。

蝴蝶儿·参观少共湘鄂赣省委旧址

——修水县上衫乡上衫村魏家湾有寄

（中华通韵）

昨上衫，魏家湾。
百人开会议时艰，畅言怎克难。

革命风云事，英雄少共篇。
流传青史驻心间，更催吾辈贤。

诉衷情·参观湘鄂赣省红军医院旧址有寄

(中华通韵)

红军医院驻同升,伤号病房盈。
前方战事吃紧,将士死生轻。

伤口裂,不觉疼,快些缝。
何须全愈?明日前方,看我冲锋。

注:
同升:此指同升村,湘鄂赣省红军医院所在地。

采桑子·参观湘鄂赣省赤色总工会旧址有寄

（中华通韵）

上衫村里灯如昼，个个赳赳。
辛未深秋，赤色工人工会筹。

几多刊物曾出版，传遍神州。
战斗无休，美好生活梦寐求。

注：
刊物：此指《工人斗争》《工人生活》等。

殿前欢·参观中共永修县委旧址有寄

(中华通韵)

九合乡,淦村旧事汗青扬。
永修县委成丁卯,日渐兴昌。

人人斗志昂,红心漾。
革命难关闯,事传四海,誉享八方。

注:

淦村:中共永修县委旧址位于九江市永修县九合乡河头淦村。

水仙子·参观江西工农红军游击第八纵队诞生地有寄

（中华通韵）

滩溪镇上旧风云，青史流传刻在心。
第八纵队威风凛，游击慑匪魂。

敌人会剿村村，机关尽。
遇虎贲，枉费精神！

注：
滩溪镇：江西工农红军游击第八纵队诞生地位于永修县滩溪镇甘棠村。

霜天晓角·参观德安县苏维埃政府旧址有寄

(中华通韵)

德安县府,往日何艰苦。
石鼓殿中谁个?夜无寐、愁无数。

黎公新被捕,听闻伤百处。
嗔目怒批白匪,革命志、无辜负。

注:

1. 石鼓殿:德安县苏维埃政府旧址位于德安县吴山乡张塘村田家河石鼓殿。

2. 黎公:此指原县苏维埃政府主席黎继友。1930年12月,黎继友被捕牺牲,县苏维埃停止活动。

菩萨蛮·参观中共德安县第三次代表大会旧址——彭山云水寺有寄

（中华通韵）

三十代表来开会，戊辰初夏彭山沸。
云水寺灯张，德安县事扬。

如何兴五抗，议案这般讲：
既把劣绅除，还将恶霸诛。

一落索·参观星子暴动遗址有寄

（中华通韵）

星子一声霹雳，慑狼惊鹜。
豪绅地主竞相逃，携家眷、欲藏匿。

破狱同胞欢喜，雄心重启。
跟随队伍县衙冲，为暴动、倾全力。

谒金门·参观湖口县革命委员会旧址有寄

(中华通韵)

湖口县,革命委员精干。
王勉村中群众选,热情如火焰。

往后农协各点,领导有方威显。
地主劣绅魂魄散,鹤鸣风动颤。

注:
王勉村:湖口县革命委员会旧址所在地。

柳含烟·参观江桥战斗指挥部旧址有寄

（中华通韵）

程山庙，驻红军。
布阵排兵大胜，匪团团长被生擒，惹欢欣。

省府敌酋闻讯震，眉蹙增兵赶紧。
哪知援匪也惊魂，汗淋淋。

注：
1. 匪团团长：此指国民党江西警备2团团长张超。
2. 省府敌酋：此指国民党江西省政府主席鲁涤平。

杏园芳·参观中共都昌小组旧址清隐寺有寄

(中华通韵)

风云四起都昌,人人小组堪忙。
宣传大道赴穷乡,染风霜。

迎来小组升支部,人人脸上荣光。
追随革命志昂扬,似三郎。

注:
1. 人人小组:倒装结构。
2. 三郎:化用典故"拼命三郎"。

雪花飞·参观新四军都昌留守处旧址有寄

(中华通韵)

新四军中旧事,都昌县里人家。
留守频遭破坏,白匪妖魃。

春暮天还冷,清明下雪花。
身冻何堪噩耗,血泪哗哗。

注:
噩耗:1938年4月6日清晨,国民党都昌县常备自卫大队副大队长李远辉率300余人,包围新四军都昌留守处,田英和中心县委委员苏远全等7人全部遇害,机关遭破坏。

沙塞子·参观中共彭泽中心县委旧址有寄

（中华通韵）

中心县委彭泽，往日里、曾遭浩劫。
白狗子、几回围剿，掠尽杀绝。

尸埋芳草血成河，六月雪、纷飞不歇。
家国恨、那堪灾又，此痛刀割！

水调歌头·棉船镇

（中华通韵）

久有旅游梦，泛棹在阳春。
棉船镇上，风光无限醉谁人？
油菜花开似海，炊火烟升如带，百鸟舞纷纷。
刚入复排地，又下日新村。

朝阳升，光明盛，照江心。
灵芝渡口，渔民无忘旧时辛。
常忆江东父老，昔上江南小岛，解放建功勋。
感此遗风秉，竟把小康奔。

注：
1. 油菜花：油菜花海为棉船镇一大景点。
2. 复排：即复排村。
3. 日新村：为棉船镇下辖的一个村，"日新"为双关语。
4. 朝阳、光明、江心：皆为双关语，兼指朝阳村、光明村、江心村。
5. 灵芝渡口：即"灵芝号渡口"，又称"解放江南第一渡"。

胡捣练·参观新四军江南挺进支队智歼日寇遗址——彭泽县太平关乡望夫山有寄

(中华通韵)

望夫山上望夫归,沐雨经霜无悔。
闻道丈夫歼鬼,亲率游击队。

日军碉堡智来摧,堡毁亡魂几位?
远处凯歌堪慰,耳畔莺声碎。

庆金枝·参观九江人民收回英租界旧址有寄

(中华通韵)

《九江租地约》,惹多少、外剥削。
更兼英寇水兵狠,作恶久无歇。

英租界里风波盛,收回梦、酿人杰。
同仇敌忾势如何?万众愤长街。

月华清·参观小划子会议遗址——甘棠湖有寄

（中华通韵）

点将台旁，甘棠湖内，满眼风光人醉。
烟景岚光，镜月水花斑鳜。
水清澈、倒映庐山；山险峻、弯环碧水。
真美！况：沙鸥好客，鸳鸯成对。

游客东西南北，络绎不绝来，组团结队。
饱览风光，更享思贤滋味。
倚柳忆、司马湿衫；与友论、周郎降魏。
声沸！李公堤上客，畅怀几位？

注：

1. 点将台：即周瑜点将台，相传周瑜训练水军时曾在此点将。别名浸月亭、烟水亭。唐诗人白居易为江州司马时，建亭于湖心，以《琵琶行》中"别时茫茫江浸月"之句名"浸月亭"。北宋寓"山光水色薄笼烟"之意改为"烟水亭"。

2. 思贤：双关语，兼指思贤桥。

3. 李公堤：唐长庆二年（公元822年），李渤跨湖筑堤以利交通，并在堤上建桥安闸，以利灌溉。后人称此堤为李公堤，此桥为思贤桥。一堤将甘棠湖分为两半，东称南湖，西为甘棠湖。

忆少年·瞻仰九江革命烈士陵园有寄

（词林正韵）

清明天气，清明世道，清明时节。
陵园九江处，又追怀先烈。

酹酒螺丝山顶别，感恩生、誓为人杰。
初心我今秉，洒青春热血。

注：
螺丝山顶：九江革命烈士陵园所在地。

好事近·参观中共秘密商议南昌起义旧址——庐山仙岩饭店有寄

（词林正韵）

起义密中商，成就几多人杰。
霹雳一声惊响，启：红军新页。

仙岩饭店忆曾经，无限念先烈。
事迹更催人奋，誓：扬帆无歇。

三、景德镇

凤池吟·景德镇

（词林正韵）

赣北瓷都，九州名镇，自古慕客如云。
羡：陶瓷独特，茶花烂漫，赣剧殊珍。
胜境繁多，老街古巷又新村。
奇溶秀洞，湖光山色，醉客纷纷。

莲塘水畔樟树，叶茂欣白鹭，憩止黄昏。
月上催游客，晚餐瑶里，冷粉香莼。
狗肉三盘，辣粑煎饼佐腥荤。
人人乐，更闲谈、朗朗乾坤。

注：

1. 九州名镇：景德镇为四大名镇之一。四大名镇指的是河南朱仙镇（版画、年画）、湖北汉口镇（商业中心）、广东佛山镇（手工业）、江西景德镇（瓷器）并称全国四大名镇，此处的

"镇"与现时的行政区划单位的"镇"并不是同一个概念。江西景德镇,以青花瓷器闻名世界,号称"瓷都"。

2. 茶花:景德镇市花。

3. 赣剧殊珍:景德镇乐平市,素有"赣剧之乡"之誉。

4. 新村:双关语,兼指珠山区新村街道。

5. 奇溶秀洞、湖光山色:乐平市有"洪马文化、奇溶秀洞、湖光山色、红色资源、戏台神韵。"五大特色。

6. 莲塘:即莲花塘。珠山区主要景点之一。

7. 樟树:景德镇市树。

8. 瑶里:景德镇主要景点之一。

9. 冷粉、辣粑、煎饼:皆为景德镇特色小吃。

10. 狗肉:此指乐平狗肉,也是景德镇一特色美食。

华清引·参观中共乐平特别支部遗址有寄

(中华通韵)

茶园岗里起风波,作乱妖魔。
乐平支部遭毁,伤心客几多。

缅怀往事泪滂沱,感恩今日生活。
誓承先辈志,扬梦不蹉跎。

注:
茶园岗:中共乐平特别支部遗址所在地。

阮郎归·参观赣东北行动委员会、解放军第十五军军部旧址

——乐平市翥山东路荷园有寄

（中华通韵）

乐平市里赏荷园，眸湿为哪般？
缅怀先辈忆从前，人人心浪翻。

翥山上，祭神仙，甘霖降九天。
显灵仙鹤法无边，惹得香客欢。

注：

神仙、仙鹤：指南极仙翁座下之白鹤仙童，兼喻在荷园入住过的革命先贤。传说白鹤仙童某日游至乐平地界时，发现这里正值干旱，土地龟裂，草木干枯，庄稼焦黄，一片荒凉景象。为拯救生灵，便施展神通，在这降了一天一夜的甘霖。

西地锦·参观乐平县第一、第二次工农兵代表大会会址暨文山缩编旧址

——众埠镇文山村明经祠堂有寄

（中华通韵）

众埠文山旧事，不解盈心里。
工农代表，红军骨干，缘何来此？

闻道会开两次，另有缩编议。
苏区政府，人民卫队，纷纷成立。

注：

1. 苏区政府：此指乐平县苏维埃政府。1930年6月24日，乐平县第一次工农兵代表大会在文山召开，参加者100余人，会议历时3天。会议选举产生了乐平县苏维埃政府。

2. 人民卫队：此指赤卫队等。1930年11月下旬，红10军缩编后，赤色警卫团指战员返回各县重新建立地方红军——赤色警卫连，并恢复群众武装——赤卫队、少年先锋队。

落梅风·参观红十军建军旧址有寄

（中华通韵）

红军庚午夏风云，敲锣打鼓谁人？
乐平界首建十军，尽欢欣。

万年台上精神奋，兵强更壮雄心。
北征南战启清晨，觅功勋。

注：
红十军建军旧址：位于景德镇市乐平市众埠镇界首村。共有两处：一处为红十军军部旧址（又名马家祠堂）；一处为红十军建军典礼主席台旧址（万年台）。

占春芳·参观红十军聚力井旧址有寄

（中华通韵）

临界首，邀诗友，聚力井边吟。
律句十军遗址，对联众埠新村。

旭日耀阳春，有黄莺、鸣柳纷纷。
放歌犹似迎诗客，声脆情深。

注：
界首：红十军聚力井在乐平市众埠镇界首村。

秋蕊香·参观赣东北十三县雇农代表大会旧址有寄

（中华通韵）

三百雇农开会，徐氏祠堂声沸。
武装建设蓝图绘，辛苦几多先辈。

何方百姓心堪慰？赣东北。
从今往后杀妖魅，有了先锋团队。

注：

徐氏祠堂：赣东北十三县雇农代表大会旧址位于乐平市众埠镇叶水桥徐氏祠堂。

忆馀杭·参观中共浮梁特别支部遗址有寄

（中华通韵）

约友邀朋，中共浮梁支部赴，尤家岭上忆当初。
感慨笔端书。

往时革命多艰苦，沐雨栉风遇狼虎。
虎前挥起武松拳，斗到夜星阑。

朝中措·参观中共浮乐婺中心县委、中心县苏维埃政府旧址有寄

（中华通韵）

湘湖镇里内钱村，多少旧风云。
为反白军围剿，组织暴动农民。

苏区开辟，游击兴起，历尽艰辛。
饮水思源我辈，幸福更秉初心。

少年游·参观中共河西县委、县苏维埃政府旧址有寄

（中华通韵）

白军劲旅入琅溪，围剿恁般急！
河西县委，河西县府，一夜惨凄凄。

烧杀抢掠无穷尽，土匪莫能及。
神器流离，生灵涂炭，泣血杜鹃啼。

滴滴金·参观中共秋浦县委、县苏维埃政府旧址有寄

（中华通韵）

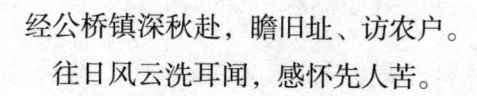

经公桥镇深秋赴，瞻旧址、访农户。
往日风云洗耳闻，感怀先人苦。

秋浦县委和县府，遭白军、几番辱。
党员多少被枪杀，此恨凭谁诉？！

乌夜啼·参观中共皖赣分区委旧址有寄

(中华通韵)

皖赣分区委,往时历尽艰辛。
龙源村里人无寐,筹策抗白军。

洋炮狂摧民舍,土枪怒射敌人。
尸横遍野浮梁县,谁又泣黄昏?

甘草子·参观皖赣分区苏维埃政府遗址有寄

(中华通韵)

风起,甲戌炎夏,云涌旌旗赤。
是处工农喜,情溢苏区地。

孰料雨来把村洗,况更有、白军炮至。
机构遭殃党员死,恨:暂无良计!

喜迁莺·参观中共浮至祁工委旧址有寄

（中华通韵）

戊子岁，近中秋，锣鼓响无休。
喜迎工委驻村头，革命幸福谋。

浮梁县，翻天变，处处渐息兵燹。
听闻今岁又丰收，群众势赳赳。

偷声木兰花·参观皖赣军分区遗址有寄

（中华通韵）

程家山上军歌响，皖赣军分区里漾。
唱我红军，智斗顽敌捷报频。

神出鬼没游击战，白匪晕头空怅叹。
最怕偷袭，梦里惊魂尿裤湿。

应天长·参观少共皖赣分区委旧址有寄

（中华通韵）

少共皖赣分区委，无限热情心里沸。
赴东西，战南北，弹雨枪林歼鬼魅。

搞游击，摧匪垒，屡遇劲敌无畏。
打仗全凭智慧，赚得名声斐。

太常引·参观皖赣红军被服厂旧址有寄

（词林正韵）

龙源村道暮阳归，被服厂中谁？
一路冷风吹，任身畔、牛哞鹊飞。

三千被服，几天劳累，如数未曾迟。
个个喜开眉，更儿女、偷闲乐陪。

柳梢青·参观皖赣分区交通（邮政）局旧址有寄

（词林正韵）

皖赣分区，交通邮局，事迹成书。
敌垒军情，我方指示，传递无虞。

接头村口城隅，讲暗语、瞒他匪徒。
躲过盘查，完成任务，欢喜归途。

醉花阴·参观红军北上抗日先遣队指挥部旧址有寄

（中华通韵）

北上抗日先遣队，个个堪无畏。
路上遇白军，浴血搏拼，阵地杀声沸。

坎途漫漫无嫌累，热血黄河水。
只为救中华，又是离家，此去终无悔。

月宫春·参观新四军驻瑶里留守处旧址有寄

（中华通韵）

几多瑶里旧风云，关乎新四军。
人人怀有报国心，不辞留守辛。

携手白军因抗旧，倾情统战四方奔。
大道逢人便讲，视人分浅深。

雨中花令·瞻仰程家山烈士陵园有寄

（中华通韵）

往日白军清剿，程家山中施暴。
多少红军因此死，更有村容老。

酹酒碑前先烈悼，叹革命、坎途多少。
恨老蒋、阋墙兴内战，不顾人民恼。

入塞·参观景德镇工人武装暴动策划会议旧址有寄

（中华通韵）

忆曾经，在瓷都、话众英。
武装兴暴动，会议到三更，谋划成，事竟成。

梦中忽来五路兵，警政军、谁不震惊？
衾中爬起欲逃生，双眼蒙，去向蒙。

注：
1. 竟成：双关语，兼指景德镇市昌江区竟成镇。
2. 五路兵：时暴动部队分5路进城，攻占设在景德镇的国民党浮梁县警、政、军机关。

越江吟·瞻仰瓷都烈士陵园有寄

（中华通韵）

莲花山上怀先烈，墨客。
墓前酹酒呜咽，心凄恻。
英雄史册，凝鲜血。

叹瓷都、曾经崩坼。
多风雪，尸身乱横荒野。
先贤策，妖亡鬼灭，春秋写。

许永文，笔名青山，1960年生。吉林市书法家协会会员，九台区书法家协会理事。在纪念赵朴初诞辰110周年《知恩报恩》书画大赛中获书法类一等奖。

秋夜月·龙珠阁

（中华通韵）

龙珠阁美，始唐朝，仍未老，虽经兴毁。
气势恢宏今是，惹人迷醉。
枣红墙，金黄瓦，重檐叠垒。
城徽、更有宝光霞蔚。

观音于内，坐莲台，施雨露，东西南北。
但见瓷都民众，仗其风水。
改革兴，开放搞，蓝图共绘。
欣上、华夏复兴宽轨。

注：
1. 龙珠阁：龙珠阁位于景德镇市中华北路珠山之峰顶，为中共景德镇市委、市苏维埃政府旧址。
2. 城徽：龙珠阁现已成为景德镇的城徽。
3. 观音：阁中前后殿的神龛中设有白瓷跌坐观音、香炉、烛台及纯以夏布调漆为胎，身涂金彩之神像等。

更漏子·参观抗战时期中共景德镇市委旧址有寄

（中华通韵）

抗倭奴，除内鬼，中共瓷都市委。
统战促，阋墙停，团结力量生。

抓党建，当垂范，谁个千锤百炼？
为百姓，为中华，奔波不顾家。

崔春田，北京民间文艺家协会会员。

四、萍乡

沁园春·萍乡

（中华通韵）

赣西明珠，坐拥金山，喜耕福田。
看：武功山上，悬岩峭壁；孽龙洞内，飞瀑流泉。
鸣翠白鹇，下凡仙女，两处风光魅力添。
香樟树，与杜鹃花蕊，醉客千年。

虽非世外桃源，却也是、民安不羡仙。
有：莲花老酒，掏空俗累；安源火腿，堆满珍盘。
上栗烟花，芦溪傩舞，特色春锣侑宴欢。
盛世里，数：萍乡百姓，最恋《家园》。

注：
1. 赣西明珠：萍乡别称。
2. 金山、福田：双关语，兼指上栗县金山镇、福田镇。
3. 飞瀑流泉：孽龙洞有四绝——清风、怪石、流泉、飞瀑。

4. 白鹇：武功山是天然的动物王国，很多珍禽异兽生长在这里。白鹇为其一，属国家级重点保护动物。

5. 下凡仙女：倒装结构，即"仙女下凡"，为孽龙洞景点之一。

6. 香樟树：萍乡市树。

7. 杜鹃花：萍乡市市花。

8. 莲花老酒、安源火腿：皆为萍乡特产。

9. 上栗烟花：上栗县盛产烟花。

10. 芦溪傩（nuó）舞：芦溪县素有"傩舞之乡"之誉。

11. 春锣：即萍乡春锣，萍乡的一种特色曲艺。

12. 家园：双关语，兼指武功山电视纪录片下集《家园》。

望梅花·参观莲花县坊楼镇新枧村青年学会旧址有寄

（中华通韵）

青年学会，新枧村中情沸
赶《新潮》、不尽革命味，青春无悔。
弃旧尚新前景绘，更觅书中智慧。

几回无寐，五四精神迷醉。
旧思潮、犹似东流水，永别吾辈。
马列红旗图案美，艳漾东西南北。

风光好·参观莲花党组织诞生地旧址有寄

（中华通韵）

势赳赳，赴坊楼。
新枧村中旧址游，醉双眸。

莲花中共原支部，春秋谱。
往日风云史册留，漾心头。

画堂春·参观九都红光小学旧址有寄

（词林正韵）

红光小学九都迁，一如授业从前。
所教知识有千般，马列还添。

德智更兼体美，学生发展堪全。
后来革命写华篇，此校时贤。

燕归梁·参观莲花红色独立团旧址有寄

（词林正韵）

红色莲花独立团，武装斗争艰。
虚张声势紧升编，敌人惑、把营迁。

逃兵阵乱，红军计妙，歼敌鬼门关。
人民闻讯俱欢颜，丰碑立、在红源。

注：
红源：即红源村，莲花红色独立团旧址所在地。

惜春令·参观莲花县坊楼镇沿背村红军医院一分院旧址有寄

（中华通韵）

昔日坊楼沿背村，迎天使、个个欢欣。
只为红军医院建，心里暖如春。

护士医生亲，与群众、鱼水情深。
我慰红军君治病，来往恁般勤。

海棠春·参观坊楼红光学校旧址有寄

（中华通韵）

红光学校红光耀，教室里、书声多少。
马列趁时宣，更把文盲扫。

世人皆赞坊楼好，为革命、人才屡造。
往后战争中，智广机谋妙。

品令·参观湘赣石印局旧址有寄

（中华通韵）

仲秋后，莲花赴、石印局中忆旧。
叹先人、在此钞票印，把苏区、经济救。

处处高洲树倒，漫漫黄天风吼。
风不停、窗破霾尘入，人不歇、衫汗透。

注：
黄天：双关语，兼指莲花县高洲乡黄天村，湘赣石印局旧址所在地。

东坡引·参观中共湘东南特委旧址暨中共湘赣省第一次代表大会旧址有寄

（中华通韵）

湘东南特委，湘赣省峰会。
琴亭镇里花塘沸，非凡辛未岁。

繁忙几日？代表几位？决议定、前途绘。
满腔热血无嫌累，三更仍未睡。

注：
花塘：即莲花县琴亭镇花塘村，旧址所在地。

三字令·参观湘赣游击司令部旧址有寄

（词林正韵）

西竺寺，旧风云，又听闻。
游击队，出兵勤。
武功山，擒鬼魅，护人民。

增实力，募新人，扩红军。
司令部，改编欣。
启征程，前线赴，在清晨。

醉乡春·参观新四军莲花留守处旧址有寄

（中华通韵）

小碧岭村怀旧，留守处前携友。
赏旧址，话从前，相和翠莺鸣柳。

往日是谁眉皱？梦里思歼日寇。
屡谈判，与国军，促成统战人消瘦。

忆汉月·参观红四军、红五军会师遗址有寄

（中华通韵）

红四会师红五，乐奏更兼人舞。
个中谁不信心足？况有胜敌镰斧。

坊楼村里沸，人不寐、壮怀无数。
献身革命梦中求，今后看吾功树。

怨三三·参观棋盘山会议旧址有寄

（中华通韵）

搜山剿共事频繁，乙亥猪年。
两鬓斑白为此添，紧急会、在棋盘。

千辛历尽先贤，换来了、山妍水甜。
井底涌神泉，人民欢乐，饮水思源。

注：
神泉：双关语，兼指神泉乡。棋盘山位于莲花县神泉乡。

塞翁吟·参观莲花一支枪纪念馆有寄

（词林正韵）

孤胆英雄壮，勇略西赣无双。
故事始，一支枪，细节汗青详。
当年白匪兴清剿，处处掠尽烧光。
幸此物，有人藏，几番免遭殃。

家乡，患难共、红旗不倒；星火续、雄心更昂。
赤色队、威惊鬼魅；大刀客、势慑妖邪，远近名扬。
后来革命，陷阵冲锋，屡获功章。

孤馆深沉·瞻仰莲花县革命烈士纪念馆有寄

（中华通韵）

莲花纪念馆中临，先烈惹伤心。
触景便生情，不尽缅怀，多少红军。

正恍见、阵前挥剑，浴血近黄昏。
赣湘界，井冈山上，往来多少忠魂。

天门谣·参观安源路矿工人补习夜校旧址有寄

（中华通韵）

谁为工人想？办夜校、五福斋巷。
欣路矿，几多学科讲。

课上又谁豪情万丈？马列精神心底漾。
当榜样，促事业、蒸蒸日上。

万里春·参观安源路矿工人消费合作社旧址有寄

（中华通韵）

安源路矿，热情工人涨。
万余人、购股纷纷，梦扬消费上。

货进三千样，售群众，任其赊账。
爱怜生、不顾亏赢，赚得名声响。

注：

购股：时工人消费合作社发行股票（每股洋5角）以筹措资金。到1923年初，计有1.3万余人认股，共认购1.56万余股，这是中国共产党领导创办的经济实体最早发行的股票。

八声甘州·参观安源路矿工人俱乐部旧址有寄

(中华通韵)

忆：安源路矿旧风云，威风显工人。
为劳工待遇，劳工保障，反抗频频。
时有《劳工神圣》，俱乐部中闻。
还见福星降，个个欢欣。

道是壬戌秋季，罢工当局震，个个惊魂。
叹：团结一旦，力量有千钧。
恨工人、今非昔比；见红旗、是处舞纷纷。
心虽怨、却识时务，承诺加薪。

注：
1.《劳工神圣》：即《安源路矿工人俱乐部之歌》，又称《工友歌》。
2.福星：俱乐部讲演台正面墙上悬挂马克思、列宁像，两侧是红布黑字对联："有团结精神有阶级觉悟；是劳工保障是人类福星。"此化用其对联。

锦园春·参观安源工农兵政府旧址有寄

（中华通韵）

半边街上，工农兵政府，舞枪挥棒。
痛打豪绅，热情三千丈。

黄金万两，与枪弹、缴来交党。
以助红军，杀敌灭寇，威风疆场。

望江东·参观安源路矿工人大罢工旧址

——总平巷有寄

（中华通韵）

西赣安源总平巷，系井口、乌金矿。
工人往日尽惆怅，盼不到、工资涨。

壬戌九月福音降，罢工日、呼声响。
当局深晓势难挡，对协议、三番让。

醉红妆·参观秋收起义部队第二团出发地旧址

——张公祠有寄

（中华通韵）

秋收起义沸安源，喜出发，第二团。
后来夺堡又攻坚，垂青史，誉千年。

张公祠内忆前贤，感恩涌，志图添。
誓秉初心勤奉献，研党史，著诗篇。

注：

志图：志向抱负。唐·刘长卿《夜宴洛阳程九主簿宅送杨三山人往天台寻智者禅师隐居》诗："满腹万余卷，息机三十年。志图良已久，鬓发空苍然。"

菊花新·参观决定安源路矿工人大罢工党组织会议旧址有寄

(中华通韵)

往日安源牛角岭,岭上夜深人不静。
开会伴天明,人兴奋、罢工谋定。

"哀而动人"焉不胜?万余人、如狮苏醒。
纷纷涌街头,对当局、怒目横瞪。

注:
哀而动人:此为当时提出的罢工策略。

凤来朝·参观安源路矿工人大罢工谈判处旧址有寄

（中华通韵）

往日八方井，小楼中、是谁怒瞪？
复工谈判上、威风逞。历五日、罢工胜。

可笑当局军警，罢工来、尽得怯症。
势焰灭、无一剩。叹世事、恍如梦。

注：
八方井：即安源区安源镇八方井，谈判处旧址所在地。

伊州令·参观秋收起义安源军事会议旧址有寄

（中华通韵）

秋收起义雄心寄,军事安源议。
新建一师心似飞,夜不寐、磨刀拭戟。

张家湾里追忆,昔景如亲历。
催人莫忘往时辛,为华夏、初心永记。

注:

1. 一师:时秋收起义安源军事会议决定正式组建工农革命军第1军第1师。

2. 张家湾:秋收起义安源军事会议旧址位于萍乡市安源区安源镇张家湾村。

秋夜雨·瞻仰萍乡革命烈士陵园有寄

（中华通韵）

牛形岭下山坡翠，欣宜先烈安睡。
碑前今酹酒，九叩首、双眸盈泪。

萍乡往事频追忆：弹雨急、谁个无畏？
挥剑杀鬼魅，士气震、东西南北！

注：
牛形岭下山坡：萍乡革命烈士陵园位于萍乡市安源区安源镇牛形岭下山坡。

金盏子令·参观安源路矿工人运动纪念馆有寄

(中华通韵)

牛形岭上,半山腰处赤旗扬。
安源路矿,往时兴运动,于此留芳。

观读历史,追忆先辈,感慨衰昌。
盛世逢、初心不忘,奉献家乡!

注:
1. 牛形岭:安源路矿工人运动纪念馆位于安源区安源镇牛形岭半山腰处。
2. 观读:阅读。《论衡·谈天》:"相随观读,讽述以谈。"

探春令·参观湘东苏维埃政府旧址有寄

（中华通韵）

新泉乡里，大江边上，苏维埃处。
几多往事村民诉，叹革命、何其苦。

湘东政府成庚午，百天风雨路。
打土豪、掣肘魔妖，时有捣乱分田阻。

注：

1. 苏维埃处：此指湘东苏维埃政府旧址，旧址位于芦溪县新泉乡大江边村。

2. 百天风雨路：1930年8月，中共湘东特委成立，随后，湘东苏维埃政府亦正式成立。10月底，遵照中共中央《目前形势与党的组织任务》的决议，湘东特委与湘东苏维埃政府合并为湘东南行动委员会。

引驾行·参观斑竹山起义旧址有寄

（中华通韵）

斑竹山上，谁人起义凌云寺？
毙贪官、罢苛税，还有仗田量地。

欢喜，债务自然除，豪绅地主枉生气。
喜革命、从今渐盛，更工农、载青史，万世。

锯解令·瞻仰秋收起义烈士陵园有寄

（中华通韵）

缅怀先烈在清明，想起了、秋收起义。
芦溪上埠又亲临，墓地扫、几回俯泣。

幸逢盛世，不忘风云往事。
初心誓秉写红诗，让热血、洒扬大地。

西江月·夜游秋收起义广场有寄

（中华通韵）

国庆前夕月下，安源后埠街头。
昭萍广场客无休，相伴灯光如昼。

约友邀朋畅叙，携妻带子闲游。
秋收起义话题稠，直到三更之后。

注：
1. 安源后埠：即萍乡市安源区后埠街，秋收起义广场所在地。
2. 昭萍广场：秋收起义广场原名。

赤旗新余漾碧宁红阳
风景美蜜橘香更人和
远客荟来游赏九龙山
色俊女湖光果水蕨薇
龙施泉水下尽天然风
味甞四海名牛郎千业
更无织女兴相醉
繁荣更是新能冠世异
军起富裕城乡
交通畅旅游兴田间许
水仓廪育粮制造求新
纺织超古几多珍品快
运八方初心长秉小康
征途上凌波踏浪频创
辉煌

古律红色诗人廿古德词一首 春风长啸斋金

庚戌庚子年戊秋 邱世强 上

邱世强，男，天津人，自幼酷爱书法，善楷书，作品曾获奖多次。

五、新余

春风袅娜·新余

（中华通韵）

赤旗新余漾，碧宇红阳。风景美，蜜橘香。
更人和、远客惹来游赏：九龙山色，仙女湖光。
界水蕨薇，龙施泉水，不尽天然风味尝。
四海名流竞相醉，更兼织女与牛郎。

千业繁荣更是，新能冠世，异军起、富裕城乡。
交通畅，旅游兴。田间汗水，仓廪肴粮。
制造求新，纺织超古。几多珍品，快运八方。
初心长秉，小康征途上，凌波踏浪，频创辉煌！

注：
1. 蜜橘：新余特产之一。
2. 人和：双关语，兼指新余人和乡。
3. 九龙山、仙女湖：皆为新余有名景点。

4. 界水：此指新余界水乡。

5. 龙施：即新余蒙山龙施。

6. 织女与牛郎：新余仙女湖是东晋文学家干宝所著古籍《搜神记》中记述的"七仙女下凡"传说和"中国七夕情人节"的发源地。

7. 新能：新余有"太阳能之都"之盛誉。

鬲溪梅令·参观分宜县苏维埃政府旧址有寄

（词林正韵）

礼家陇上旧风云，又听闻。
甲戌阳春围剿、起烽尘，八方来白军。

几多忠骨恨成坟，泪纷纷。
幸福今朝难得、历艰辛，我曹须感恩。

玉团儿·参观中共分宜中心县委旧址有寄

（中华通韵）

中心县委分宜设，正赶在、壬申正月。
料峭春寒，浓眉壮汉，无限欢悦。

飞扬梦想心头热，誓与众、春秋谱写。
痛打豪绅，勇歼白匪，宁死不舍！

双雁儿·参观芦塘渡口战斗遗址有寄

（中华通韵）

芦塘渡口旧风云，写不尽、我红军。
匪军庚午起妖氛，掳船只、占要津。

我军强渡势千钧，碧血洒、把河洇。
勇剽如此慑敌魂，笑民团、败夜昏。

注：

1. 勇剽：勇敢剽悍。三国·魏·曹植《白马篇》："仰手接飞猱，俯身散马蹄。狡捷过猴猿，勇剽若豹螭（chī）。"

2. 民团：此指当时分宜代县长林兆元所纠集的民团，有数千人。

3. 夜昏：天刚黑的时候。

四犯令·参观铃岗岭战斗遗址有寄

（中华通韵）

瑟瑟秋风新址冷,浴血红军猛。
凭险顽敌终丧命,碉堡里、尸骸剩。

往日风云铃岗岭,今日成风景。
不忘初心方久胜,须砥砺、中国梦。

注：
新址：此指新余市分宜县新址乡。铃岗岭便位于新址乡。

茅山逢故人·参观中共花桥支部旧址有寄

（中华通韵）

中共花桥支部,革命功劳曾树。
地主白军,乡绅村霸,打击无数。

农民债务清除,分地分田十亩。
垦地河东,插秧村北,乐于辛苦。

城头月·参观红一方面军总部旧址有寄

（词林正韵）

罗坊镇上红军驻,事迹书庚午。
会议三番,筹谋五次,白发添无数。

白军围剿如何拒?计出军帷处:
诱敌深山,攻其不备,如饺锅中煮。

注:
庚午:此指1930年。

红窗迥·参观红四军军部旧址有寄

(中华通韵)

红四军,随总部,备战驻罗坊,暮秋庚午。
新闹上村磨斧,日子心里数。

梦里九江白匪剿,百姓齐叫好,敲锣打鼓。
大米犒军情笃,更把猪彘煮。

注:
1. 暮秋庚午:1930年10月24日,红一方面军总部在黄土岗廖家村发布《在袁水及瑞州河之间工作待机的命令》后,红4军随总部移驻罗坊,为攻打南昌、九江等作准备。
2. 新闹上村:即罗坊镇新闹上村。

导引·参观江西省苏维埃政府旧址有寄

（中华通韵）

江西省府,庚午仲秋成,结彩又张灯。
分田分土人民喜,地主劣绅疯。

罗坊会议红旗升,谁个表忠诚?
诱敌深入方针妙,为此愿身轻。

注:
谁个表忠诚:时江西省苏维埃政府主席曾山在罗坊会议上表示坚决拥护毛泽东提出的"诱敌深入"战略方针。

木笪·参观中共新峡县委、县苏维埃政府旧址有寄

（中华通韵）

党员革命点，中共新峡县，满腹豪情渝水献。
当年谁又是、率先垂范？

为民申怨，常与豪绅战，地主消亡终遂愿。
分田分土喜，脸比花灿。

注：
渝水：此指新余市渝水区。县委、县府旧址所在地。

折桂令·参观湘赣边区袁水分区抗日挺进第一师师部旧址有寄

（中华通韵）

数风流、挺进一师，袁水分区，屡创神奇。
筹措军粮，宣传抗日，智斗倭敌。

活跃在、方圆百里，战清江、更有分宜。
善觅良机：敌退吾追，敌困吾袭。

折丹桂·参观花桥暴动遗址有寄

（中华通韵）

花桥暴动悄悄议，己巳寒冬里。
古樟树下百余人，沸热血、挥刀戟。

敌人梦醒闻霹雳，遗尿还遗屎。
跳楼逃去夜阴中，地窖内，将身匿。

注：
1. 古樟树：花桥暴动遗址。
2. 夜阴：夜色。

竹香子·参观罗坊会议旧址有寄

（词林正韵）

故事深秋庚午，细节汗青后补。
罗坊会议耀光芒，不枉当时苦。

南昌幸好未去，要不然、损失无数。
毛公诱敌好方针，绝境寻来出路。

促拍采桑子·参观兴国调查会旧址有寄

（词林正韵）

兴国调查中，是谁人、提问贫农？
倾听意见，形成结论，收获无穷。

更把农村形势懂，助将来、施政从容。
谋精策准，凝心聚力，必建新功。

采鸾归令·参观罗坊会议纪念馆有寄

（中华通韵）

庚午深秋，最是罗坊议论稠。
"左倾"欲把九江谋，势赳赳。

蒋军围剿蒸蒸势，以弱攻强有苦头。
诱敌深入胜无忧，细研究。

使牛子·瞻仰新余革命烈士纪念碑有寄

(中华通韵)

仰天岗上思先烈,冬至恰逢雨雪。
风更起山巅,呼啸无休冷诗客。

墓前酹酒频呜咽,心似层层坼裂。
泪尽感恩生,誓继初心扬热血。

留春令·瞻仰九龙山革命烈士纪念碑有寄

(中华通韵)

九龙山上,五绝诗里,悲伤谁写?
酹酒碑前祭清明,泪水涌、思先烈。

往日新余来敌特,更下霜和雪。
革命生活好艰难,陷鏖战、英雄者。

六、鹰潭

龙山会·鹰潭

（词林正韵）

世界铜都美，月季花妍，白鹤湖光媚。
香炉峰景翠，还有那、龙虎山巅霞蔚。
仙女现花奇，叹绝景、神仙雕绘。
天师府，人来客去，成群结队。

更兼好客畲民，敬奉香茗，女舞男歌醉。
灯芯糕美味，数百载、京省驰名无愧。
难解秘方谜，传说是：神仙亲配。
福地也、繁荣定会——万年千岁！

注：
1. 世界铜都：鹰潭久有"世界铜都"之誉。
2. 月季花：鹰潭市市花。
3. 白鹤湖光媚：此处应读成：白鹤——湖光——媚。另：白鹤湖为鹰潭有名景点之一。

4. 香炉峰、龙虎山：皆为鹰潭境内有名景点。

5. 仙女现花：即仙女岩。其形酷似女性阴部，高数十丈，坐南朝北，一石从中间非常对称的向左右展开，接触地面处，呈现规则的圆弧形，就像一名裸身女子端坐岸边小憩，尤其是岩体中间颜色较深，加上周围长满草，更给人无限遐想，又称"生命之门"。仙女岩更有美称："仙女现花""思源壁""大地之母"。

6. 天师府：即嗣汉天师府。

7. 灯芯糕：鹰潭贵溪特产之一。有神仙铁拐李云游龙虎山，作坊案板留下香料及配制秘方之传说。又清朝乾隆皇帝游江南时，偶然品尝了"龙兴铺"灯芯糕，大为欣赏赞道："京省驰名，独此一家"。

花前饮·参观赣东北红军独立第一团第七连连部旧址有寄

(中华通韵)

震天雷响赣东北,慑多少、豺狼魑魅。夜色亡命中,洒几许、惊慌泪。

组建七连把枪配,正八月、周坊声沸。奏乐升赤旗,赤艳下、个个醉。

寻芳草·参观中共贵南县委、县苏维埃政府遗址有寄

（中华通韵）

县委贵南立，我中共、恁般欢喜。
况同时、县府工作启，惹人人、欲功绩。

癸酉岁寒冬，叹围剿、祸殃村里。
见敌人、血洗苏区地！催我部、锋芒避。

望仙门·参观新四军驻上清留守处旧址有寄

（中华通韵）

上清留守旧风云，上清闻。
第三支队五团人，令人钦。

壮党方针下，青年踊跃参军。
上清街上客纷纷，客纷纷，革命建功勋。

注：
第三支队五团：即新四军第三支队第五团，时留守上清。

青门引·参观大闹天师府旧址有寄

（中华通韵）

大闹天师府，长戟大刀谁舞？
横眉捣毁镇妖堂，没收财宝，罐子碎无数。

呼风唤雨张恩溥(pǔ)，此刻惊魂鼠。
恨无地洞钻入，瑟缩角落频回顾。

梁州令·参观贵溪县解放纪念地有寄

（中华通韵）

冒雨长江渡，解放神兵刀舞。
白军见势四方逃，惊魂已是街头鼠。

人民夹道欢迎处，犒品呈无数。
欢腾更有锣鼓，锣鸣鼓响如人诉。

倾杯令·瞻仰库桥革命烈士纪念碑有寄

（词林正韵）

辛未阳春，红军某部，伏击库桥歼敌。
山上枪声堪急，山下白军空泣。

枪支被缴茫然立，叹从今、前途难觅。
当时误入歧路，往后如何度日？

破字令·瞻仰白田革命烈士纪念塔有寄

（词林正韵）

墨客思先烈，又酹酒、清明时节。
英雄音貌白田浮，叫人难忍别。

遥思乱世诸人杰，为中华、洒扬鲜血。
换来解放，功名万载，有如星月。

河传·瞻仰周坊革命烈士纪念塔有寄

（中华通韵）

诗客，诗写。
为书先烈，亲赴周坊。
路经风雪，高铁过后空航，旅钱身上光。

英雄往事碑前忆，多少事，件件如亲历。
感恩先辈，今后誓秉初心，献青春。

恋绣衾·瞻仰闽坑革命烈士纪念亭有寄

（中华通韵）

闽坑先烈纪念亭，在贵溪、山水万层。
邀画客、约诗友，驾轿车、一路北行。

登山正好清明日，祭英雄、感慨竞生。
烈士血、春秋写。幸福今、百业正兴。

梅弄影·参观贵溪革命烈士纪念馆有寄

（词林正韵）

贵溪先烈，革命扬鲜血。
青史讴歌百页，激励吾曹，奋行崇马列。

几多人杰，敬业才华绝。
筑梦扬帆无歇，踏浪凌波，相随云与月。

红窗听·参观鸿鹤嘴暴动遗址有寄

（中华通韵）

己巳中秋鸿鹤嘴，兴暴动、震惊妖魅。
分田分地农民喜，热潮黄河水。

几许村庄连锁沸。
余江县、谁人色变？谁人梦碎？
瑟缩墙角，不停珠泪坠！

鹦鹉曲·参观余江县革命烈士纪念馆有寄

(中华通韵)

英雄儿女余江县,腾腾碧血洒无限。
为中华、屡建功勋,解放迎来如愿。

念英雄、邓埠亲临,纪念馆中身现。
忆风云、拾起初心,砥砺更、倾情奉献。

注:
邓埠:即余江县邓埠镇。

许建章,字墨涯,号栖湖斋主,福建泉州市泉港人。中国干部书法研究院会员,中国非联盟书画艺委会会员,广州书画艺术交流协会理事,泉州市书法家协会会员,泉港区香林书院执行院长兼秘书长。

七、赣州

满庭芳·赣州

（中华通韵）

稀土王国,堪舆圣地,赣州风景迷人。
杜鹃花艳,榕树绿成荫。
八境公园似画,惹游客、来往纷纷。
楼亭上,眼福饱享,更有沁鼻馨。

听闻、红色地:将军百数,玉像千尊。
叹:铭记英雄,更有儿孙。
不忘初心奋进,复兴上、屡建功勋。
繁华地,百强已是,帑廪满金银。

注:
1. 稀土王国、堪舆圣地:皆指赣州。
2. 杜鹃花:赣州市市花。

3. 榕树：赣州市市树。

4. 百强：2018年7月，赣州市入选2018年中国百强城市排行榜第88位。

珍珠令·参观中共江西省委旧址有寄

（中华通韵）

江西省委龙庄驻，风云谱。
阵地建、南山深处。
山雾隐人踪，欲寻须内助。

省委人人功欲树。
岂曾料、叛徒辜负，辜负！
枉费了同胞、曾经情笃！

金错刀·参观国民革命军第十四军共产党员会议旧址有寄

（中华通韵）

光孝寺，旧风云，国民十四军中闻。
联系会议兴革命，联共联俄政策遵。

群众愿，赣南申。《国民日报》宣传频。
热情高涨工农众，中共谁人建硕勋？

注：
兴：此为"使……兴"之意。

菩萨蛮·参观中共赣州特支成立大会旧址——郁孤台有寄

（中华通韵）

郁孤台上双眸醉，市区全景催人沸：
群厦绕章江，业兴千百行（háng）。

赣州绝胜地，革命风云忆。
促我继初心，幸福人更勤。

河渎神·参观筹组赣州总工会会议旧址

——八境台有寄

（中华通韵）

诗客沐晨曦，八境台前眼迷。
殿檐斗拱映晴霓，瓦飞南北东西。

饱览还催思旧事，多少涟漪兴起。
历尽浩劫曾是，盼来雄伟今日。

杏花天·参观赣州第一次工人代表大会旧址有寄

（中华通韵）

赣州首次工人会，曾震惊、东西南北。
广东会馆谁欢最？当选委员心沸。

誓率众、斗他妖魅，况可仗、纠察总队。
定能把那敌梦碎，不枉平生智慧。

恨来迟·参观红军攻打赣州遗址有寄

（中华通韵）

岁在壬申，痛盈方寸，只为攻城。
大炮怼长刀，可惜亡了、几许豪英！

俱往矣、往事且闲评，痛定思痛三更。
酹酒祭忠魂，焚香消恨，又忆曾经！

珠帘卷·参观楼梯岭会议旧址有寄

（中华通韵）

楼梯岭，聚群英，人人不寐三更。
形势当前严峻，忧愁能不生？

深夜秉烛谋划，祠堂定策欢腾。
前委更发《通告》，欣百姓、喜官兵。

注：
1. 祠堂：此指楼梯岭陈家祠堂。
2. 前委：此指红4军前委。
3.《通告》：此指1930年3月19日，红4军前委发布的《关于分兵争取群众及工作路线的通告》。

归去来·参观中共中央华南分局扩大会议旧址有寄

(词林正韵)

中共华南分局,开会寒窗屋。
南粤蓝图欣忙碌,三番议、渐成熟。

图定成功促,更兼那、蒋公心服。
华南解放堪神速,洪流似、敌人哭。

注:

南粤蓝图:当时会议主要讨论了解放广东的作战计划、党政军各级领导机构的组成和干部配备、支前工作和接管城市等问题,并作出了相应的决定,从而为迅速、胜利地解放广东及整个华南奠定了基础。

献天寿·参观水东坝上红军标语有寄

（中华通韵）

坝上红军标语多，往事婆娑。
赣州夺取马昆捉，威势远传播。

土豪村霸惊无措，整日龟缩。
神前祷告命难活，悔无限，泪滂沱。

注：
赣州夺取马昆捉：化用革命标语"夺取赣州、活捉马昆"。

浪淘沙令·瞻仰赣州市革命烈士纪念馆有寄

（中华通韵）

先烈旧风云，惹泪谁人？
天竺山上祭忠魂。
酹酒焚香心绪涌，感慨诗吟。

律句颂红军，史料重温。
催人发誓继初心。
砥砺前行扬热血，誓建功勋。

上林春令·参观白鹭红军医院旧址有寄

（中华通韵）

白鹭红军医院，往日里、扶伤无限。
中西并举谁人？凭妙手、杏林技显。

华佗再世应惊叹：怎么地、器官更换！
病魔遁去纷纷，人康复、笑如花绽。

双鸂鶒·参观大埠农民暴动遗址有寄

（中华通韵）

大埠一声霹雳，小鬼八方逃匿。
枪响戊辰春季，魂惊南北官吏。

故事长留青史，诗客探奇遗址。
感慨翻腾心里，红诗题在笺纸。

双头莲令·参观中共赣西南特区委南路分委旧址有寄

（词林正韵）

壮哉中共赣西南，个个好儿男。
凌波踏浪勇扬帆，使命两肩担。

为强党建自身严，勤政又清廉。
功劳累累不平凡，青史美名谈。

黄鹤洞仙·参观龙头修械处旧址有寄

（词林正韵）

修械在龙头，劳累催人瘦。
为助红军不愿休，忙夜昼，汗滴衣衫透。

世乱罕人踪，岭险多凶兽。
借问谁人又发愁？雪彻昼、窗破寒风透！

金莲绕凤楼·参观白鹭会议旧址有寄

（词林正韵）

白鹭村中群英聚，开大会、君言吾语。
反攻方案商来去，鬓边霜、又添无数。

神人福神庙遇，良策赐、叮咛几许。
后来围剿红军御，神人谋、乃无辜负！

注：
福神庙：即白鹭乡白鹭村福神庙，白鹭会议旧址。

天下乐·参观大屋下红军标语(漫画)墙有寄

(词林正韵)

漫画几多大屋下,更有那、标语写。
催吾红军驾快马,奔前线、杀他妖霸。

这阵势、谁人不害怕?况弩箭、连连射。
白军个个成箭靶,竞纷纷、将彩挂!

荔子丹·参观中共南康临时县委旧址有寄

(中华通韵)

几许南康县委人,革命历艰辛。
戊辰春季率群众,长刀舞、暴动欲冤伸。

英雄碧血洒纷纷,铁骨竞成坟。
县委虽然遭解体,却余留、百世芳芬。

临江仙·参观南康县革命委员会旧址有寄

（中华通韵）

靖卫团中一起义，震惊南北东西。
龙回村里客云集。
欣成革委，舞跳鼓还击。

赤卫队员激动最，人人色舞眉飞。
从今往后不心亏。
歼敌杀寇，事迹汗青垂。

注：

1. 靖卫团中一起义：1930年3月22日，打入龙回靖卫团任团总的共产党员朱佩隆，在红4军帮助下，率领靖卫团起义，编为南康县赤卫大队。

2. 革委：此指南康县革命委员会。暴动成功后，我党即在龙回村宣布成立南康县革命委员会。

金凤钩·参观横石井区革命委员会旧址有寄

（中华通韵）

横石井，我革委，率百姓、屡歼妖魅。
炮轰坪市，剑挥隆木，直叫匪军梦碎。

逃亡余寇堪狼狈，鹤唳下、竞相垂泪。
事传中外，脸丢南北，馋坏后人闲嘴。

注：
坪市、隆木：分别指坪市乡、隆木乡。

南乡一剪梅·参观中共信丰县委、县苏维埃政府旧址暨红二十二军干部学校校址有寄

（词林正韵）

中共信丰谁？革命风云史册垂。
率领农民兴暴动，身陷艰危，不顾安危。

农运铸丰碑，更有人才学校培。
马列红旗高举下，征战千回，生死千回。

端正好·参观油山游击队交通站旧址有寄

（中华通韵）

为助油山游击队，交通站、谁个无寐？
几多情报虎狼嘴，弄到难、催人累。

弄来敌情心儿沸，悄悄送、瞒他妖魅。
欢腾更是匪军溃，弃甲逃、堪狼狈。

夜行船·参观中共粤北省委旧址有寄

（中华通韵）

坑口村中怀旧，几多事、导游还透：
庚辰初夏五十人，学文件、更思歼寇。

白匪清乡携走狗，黄毛尾、紧随左右。
粤北省委看不惯，广东迁、任黄犬吼。

注：
1. 坑口村：中共粤北省委旧址在信丰县油山镇坑口村酒壶脑屋场。

2. 透：此处为"介绍"之意。
3. 广东迁：1940年6月，因国民党江西反动当局实行"清乡"，粤北省委转移至广东南雄。

鹧鸪天·参观西渡桃江战斗遗址有寄

（词林正韵）

西渡桃江甲戌秋，红军数路驾轻舟。
敌人封锁成空梦，江水东流若匪愁。

朱总笑，蒋公羞。
竟垂青史两悠悠。
更留逸事桃江畔，惹得游人赴不休。

注：
1. 朱总：此指朱德。
2. 蒋公：此指蒋介石。

撷芳词·参观新田红军标语墙有寄

（中华通韵）

新田镇，风凛凛，劣绅恶霸逼民狠。
村男女，衣褴褛，饿困难解，酷寒偏遇。

千般恨，盈方寸，工农革命操刀棍。
红旗举，誓言许，心中壮志，土墙标语。

醉高歌·参观赣南支队司令部旧址有寄

（中华通韵）

赣南支队当初，共计千人在伍。
人人彪悍犹如虎，阵地威风显露。

人人口号高呼，个个刀枪竞舞。
英雄更有司令部，碧血飞扬赣土。

伊州三台·参观大余整编旧址有寄

（中华通韵）

话说丁卯深秋，我部初临赣州。
军况令人愁：几多兵、怨言不休。

整编谁个筹谋？纵队一成转优。
士气复赳赳，赴湘南、灭敌报仇。

芳草渡·参观红五军宿营地旧址有寄

(词林正韵)

红军地,弹头飞,谁神勇,突重围?
南康飞渡敌难追。
难料到,偷袭又,我军危!

新城镇,多少恨!壮士横遭白刃。
谁双眼,泪珠垂?
君休问,容后论,我伤悲!

卓牌子·参观三南游击队集中地旧址有寄

(中华通韵)

三南游击队,真个是、功高不愧。
白匪恶霸豪绅,岭头村尾江滨,几回兵溃。

光阴东逝水,往日事、闲来品味。
脑海涌现英雄,促吾诗颂,初心更承无悔。

江月晃重山·参观红三军团政治部旧址有寄

（中华通韵）

珠岭村中孔庙,往时多少英豪。
暮春开会热情高,宣传事,责任两肩挑。

更建游击队伍,常操歼寇长刀。
东西南北路迢迢,烽烟里,洒血竞风骚!

凤衔杯·参观中共河西道委旧址有寄

（中华通韵）

河西道委千般苦,多少事、且容回顾:
岁在壬申、围剿白军辱,革命者、亡无数!

我苏区,不堪睹!河水赤、乱漂尸骨!
抢掠烧杀不断、天人怒,灭匪雷击处。

梅花引·参观中共崇义县委旧址有寄

（中华通韵）

丰州地，阳春日，崇义县委欣成立。
土豪惊，劣绅疯，夜夜无寐，一枕忧愁生。

湘南土匪邀来助，县委人员遭搜捕。
土豪欢，劣绅欢，歌舞相庆，珍馐享千般。

注：
1. 丰州：此指崇义县丰州乡。
2. 阳春日：1927年4月（农历三月），中共崇义县委成立。
3. 湘南土匪：此指湘南土匪周文山、胡凤璋等部。

荷叶铺水面·参观新四军驻思顺通讯站旧址有寄

(中华通韵)

牛形岭下,春来草木深。
游人络绎往来频。
导游利齿启,逸事几多旧址云:

先贤历苦辛,艰难岂电讯?
抗日更染烽尘,舍命几多人!
万载汗青垂——新四军!

杨平盛,江西省书法家协会会员,崇仁县书法家协会副主席,崇仁县人大书画院副院长。首届"文笔光华杯"全国书法艺术大展"文采杯"二等奖等。

清江曲·参观上堡整训旧址有寄

（中华通韵）

上堡屯兵整训兴，白天军事夜文耕。
救国义士红旗举，革命英雄纪律明。

学得本领堪无数，跋山涉水湘南赴。
欲用匪首祭宝刀，聊慰苍生倒悬苦！

惜春郎·参观工农红军第23纵队兵工厂旧址有寄

（中华通韵）

仰天湖畔兵工厂，纵队谁枪匠？
一双巧手，几回人瘦，枪造千样。

阵地频闻枪炮响，更有凯歌唱。
灭匪枭、有我功劳，喜悦竟飞眉上。

注：
我：此指兵工厂枪匠。

玉楼春·参观安远县苏维埃政府旧址有寄

（中华通韵）

庚午暮秋安远县，政府一成民遂愿。
张灯结彩庆新生，隐几山中欢宴晚。

不幸后来逢内战，县府机关白匪占。
始知革命太艰难，方晓幸福鲜血换！

注：
隐几山：安远县苏维埃政府旧址所在地。

一斛珠·参观中共九连山区临时工委、粤赣边人民义勇军总队旧址有寄

（中华通韵）

九连山内，临时工委名声斐。
委员个个心潮沸，率我人民，布阵歼妖魅。

粤赣边区烽乱岁，人民义勇游击队。
劲敌屡遇心无畏，浴血拼搏，士气黄河水。

夜游宫·参观红四军召开群众会议遗址有寄

（词林正韵）

借问谁人暮岁,与群众、上湖开会?
红四军中士气沸,舞红旗,战饥寒,仇鬼魅。

革命前途美,信念在、催人无畏。
汇就潮流大江水,往东方,慑西方,惊鼠辈。

思归乐·参观红一方面军总司令部旧址有寄

（词林正韵）

红一红军群众助,围剿反、频频功树。
布阵自然司令部,每诱敌、在深山处。

以弱攻强歼劲旅,缴获了、炮枪无数。
打得白军频叫苦,个个如、过街惶鼠!

鹊桥仙·参观中革军委总政治部旧址有寄

(中华通韵)

中革军委,新春辛未,政治部中几位?
联名《通令》示红军,要将士、精神领会。

官兵个个,谨遵指示,这点有别妖魅。
忠心耿耿我红军,事迹飨、东西南北。

注:
《通令》:此指1931年2月17日,项英、朱德、毛泽东联名发布的《总政治部的任务及红军中政治部与政治委员的关系的通令》。

虞美人·参观红一方面军总交通队旧址有寄

（中华通韵）

红一方面交通队,谁个愁无寐?
白军围剿我苏区,被困红军能否破危局?

弄来情报如何送?关卡敌人控。
双眉紧锁到三更,计上心头方肯灭床灯。

徵招调中腔·参观宁都起义总指挥部旧址有寄

（中华通韵）

宁都起义寒冬日,故事演、耶稣堂里。
救世上神爱苍生,起义时、免人死。

一呼万应堪奇迹,事迹载、千秋青史。
旧址又游缅怀生,多少感慨漾心底。

二色宫桃·参观江西省苏维埃政府旧址有寄

（中华通韵）

赖翠廷翁祠内事，欲道尽、需三千字。
今日细节暂不提，单提那、会开十日。

如何建设工农议，大家说、要抓经济。
更要扩红壮武装，求得那、寇敌歼毙！

注：
1. 赖翠廷翁祠：即江西省苏维埃政府旧址。
2. 会开十日：此指1933年12月21日至29日，在驻地召开的江西省苏维埃工农兵第二次代表大会。

玉阑干·参观黄陂农民暴动旧址有寄

（中华通韵）

农民暴动黄陂地，岁在戊辰秋季里。
刀挥棍舞百余人，惊煞了、劣绅污吏。

欲逃无路空悲泣，被毙前、饶命频乞。
若能换取命长留，钱财权、尽愿抛弃。

鼓笛令·参观中共赣南省委旧址有寄

（词林正韵）

赣南省委于都驻，屡屡遭、飓风狂雨。
老蒋更兼催劲旅，用枪炮、杀人无数！

造孽这般何苦，叹同胞、斗来争去。
破碎山河谁来补？此中痛、凭谁吐诉！

茶瓶儿·参观赣南省三级干部大会旧址有寄

（词林正韵）

谢家祠堂三级会，让谁个、三更无寐？
方案筹还未，病员何置？饷款如何备？

形势堪危因鬼魅，围剿突来如何对？
霜露侵衣袂，又闻狼吠，忧虑长江水。

市桥柳·参观江西省苏维埃政府造币厂旧址有寄

（词林正韵）

造币厂、民生所倚，岂独搞活经济？
江西省府精神：要人人、救亡淡名利。

革命盼君多尽力，后方兴、方可纵横千里。
灭寇贼、除奸枭，为中华、死而后已。

蝶恋花·参观兴国将军园有寄

（词林正韵）

兴国将军园里景，醉美清晨，万丈霞光映。
络绎游人留倩影，手机微信纷纷竞。

兴国风流多将领，畅想曾经，打仗人人猛。
多少英雄曾舍命，如今忠骨埋山岭。

接贤宾·参观苏区干部好作风陈列馆有寄

（中华通韵）

苏区干部作风良，救国饱风霜。
功垂青史不朽，赣地儿郎。

感恩今又生心里，催人欲诉衷肠：
秉继初心今应是，凌波踏浪开航。
为中华，勤奉献，利少又何妨！

归田乐·参观红军无线电总队旧址有寄

（中华通韵）

通讯队，最是红军无线电。
联南北，沐烽燧，功绩建。
往来情报弄，万千遍。

气鬼魅、诚堪慰，三军春风染。
惹心沸、平添无畏，信心足义战。

注：
信心足义战：倒装句，即"义战信心足"之意。

遍地锦·参观中央土地人民委员部旧址有寄

（中华通韵）

土地人民委员部，为农民、仗田分土。
定方针、奖励农耕，令百姓、欢歌载舞。

喜田畴、岁岁丰收，犒红军、稻粱禾黍。
助虎贲、平靖妖氛，以使那、江山永固！

步虚子令·参观中央工农检察人民委员部旧址有寄

（中华通韵）

检察工作利工农，违法誓难容！
委员常秉、法规标尺心中。
理案件，几多宗。

力执法律严标尺，违法者、梦成空。
更生悔恨，想昨曾是英雄。
却怎地、变成虫！

宜男草·参观中央劳动人民委员部旧址有寄

（中华通韵）

劳动人民委员部，用真心、把劳工护。
劳动法、立了人夸，因为护了劳工无数。

热情高涨务工处，喜劳工、再无欺负。
真个是、发展良机，从此富了千家万户。

一剪梅·参观中央土地人民委员部山林水利局旧址有寄

（中华通韵）

为首山林水利局，垦山造林，挖土修渠。
敌人封锁梦终空，自力更生，救了苏区。

既种高粱又种橘，既养鸡鸭、又养牛驴。
辛勤汗水换丰收，歌漾山丘，喜溢村墟。

注：
敌人封锁：此指国民党对苏区的经济封锁。

踏莎行·参观红色中华新闻台旧址有寄

（中华通韵）

《红色中华》，新闻台厦，瑞金旧事三春夏。
新闻主笔是谁人？奇功屡建堪神话。

业内名家，笔端潇洒，佳词妙句纷纷下。
文播南北又东西，红军欢喜白军怕。

注：
红色中华：双关语，兼指当时的《红色中华》机关报。

柳摇金·参观中华苏维埃共和国总金库旧址有寄

（词林正韵）

金银存储总金库，为革命、开山拓路。
有了军营粮草补，我红军、敌歼不误。

持枪携弹勇冲锋，个个如、山中老虎。
八面威风惊坏鼠，竟无知、欲逃何处。

散天花·参观红军检阅台有寄

（中华通韵）

昔日红军检阅台，谁人曾在此，奖英才？
功章欣领队长（cháng）排，红军台上阅、笑颜开。

曾是威风震九垓，从今须更勇，斗狼豺！
征途定是雪皑皑，漫长黑夜尽、曙光来。

冉冉云·参观粤赣军区总指挥部旧址有寄

（词林正韵）

粤赣军区指挥部，是谁人、晓文通武？
围剿反、救了红军无数，阻白匪、东南两路。

老蒋闻讯勃然怒，任陈公、叩头哭诉。
开口大骂、几多"娘希匹"，吓得陈公无语。

注：
陈公：此指国民党南路军总司令陈济棠。

七娘子·参观红四军医院旧址有寄

(中华通韵)

寻乌县境西南处,有杏林、天使红军驻。
救死扶伤,回春妙术,曾经医了人无数。

马蹄岗上谁情笃?送红军、稻谷和番薯。
道是谢那、曾经照顾,别时又把衷肠诉。

注:
马蹄岗:红四军医院旧址所在地。

荷华媚·参观寻乌调查旧址有寄

(词林正韵)

寻乌调查久,蟾光下、烛映谁人窗牖?
频频来往客,情深意切,似平生好友。

促膝论、经济交通事,又还谈政治,星阑依旧。
城乡事、终于晓,平添欢笑,更调查书就。

八、宜春

汉宫春·宜春

（中华通韵）

醉美宜春，有：桂花树贵，华木莲珍。
酌江溶洞，怪石百种嶙峋。
青云栈道，供神仙、明月山临。
还有那、禅林古刹，惹来游客纷纷。

生态绿城无愧，几多游客醉，散尽千金。
温泉旅尘洗尽，复又出门。
葵花肉享，酒一壶、扎粉一盆。
然后赏：翩翩傩舞，狂欢不顾更深。

注：
1. 桂花树：宜春市市树。
2. 华木莲：宜春市市花。华木莲是我国特有单种属，国务院已列为国家一级重点保护植物，仅狭域分布于江西宜春境内的明月山山地。

3. 酌江溶洞、明月山：宜春有名景点。

4. 葵花肉、扎粉：宜春特色美食。

5. 傩舞：此指万载傩舞。

锦帐春·参观宜萍县苏维埃政府旧址有寄

（中华通韵）

山上茅屋，宜萍县府，往日是谁尝尽苦？
雨霜侵，狼虎入，匪军来无数，灾殃难卜。

挺起胸膛，傲然铮骨，县府后来谁恢复？
众先贤，虽作古，却已心中驻，千秋不腐。

倚西楼·参观中共湘鄂赣省委、省苏维埃政府旧址有寄

（中华通韵）

省委机关湘鄂赣，昔日曾罹围剿难。
甲戌炎夏匪军来，村内镇中烧掠遍。

群众生活油上煎，困境生机一点点。
遭逢劫难且突围，前路漫漫几多莫测险。

寻梅·参观大埠桥会议旧址有寄

（中华通韵）

风云往事东逝水，却千回、激心荡肺。
大埠桥畔谁开会？秉烛谈革命，夜深无寐。

中心县委群英汇，寇侵时、点燃烽燧。
筹谋划策星阑尽，只图兴革命，无顾体累。

注：
中心县委：1934年1月下旬，修铜宜奉县委升格为中心县委。

小重山·参观店下红军桥有寄

（中华通韵）

白匪犹如老虎凶，杀人无眨眼、震苍穹。
话说店下众英雄，不幸陷、白匪铁笼中。

遇害恰寒冬，红军桥下水、血泅红。
泅红河水浪千重，惹得那、路客泣无穷。

厅前柳·参观富家渡乡赤卫队旧址有寄

（中华通韵）

汗青垂，赤卫队，经风雨，铸丰碑。
富家渡乡谁个？似钟馗，斗妖魅，胆儿肥。

恶霸毙、分田分土喜，惹欢谁个把笛吹？
又见山坡上，彩蝶飞，暖阳里，牧童追。

朝玉阶·参观抗日战争时期中共高安县委旧址有寄

（中华通韵）

中共高安县委谁？率民歼日寇，展雄威。
游击山上几多回，横眉惊鬼魅、似钟馗。

叛徒出卖酿急危，春节辛巳里，雪霏霏。
悲哉机构匪军摧，委员革命地、不能归。

系裙腰·参观华林农民暴动集结地旧址有寄

（中华通韵）

农民暴动在华林，如霹雳、慑敌魂。
长风己巳仲秋起，叶落纷纷，好似那、遁逃人。

瑞相禅院携友游，多少事、又听闻。
催人奋进当年事，誓继初心，愿赴诗海，觅功勋。

玉堂春·参观红四军军人大会遗址有寄

（中华通韵）

凤凰池上，红四红军旗漾，将士三千，笑对骄阳。演讲谁人？话语催人奋，进占牛行梦想扬。

酷暑恰逢庚午，红军拚命郎。欲踏征途，霍霍磨刀斧，更有宣言灭虎狼。

注：

牛行：地名。指牛行车站。

惜琼花·参观洲溪红军对联遗迹有寄

（中华通韵）

洲溪哪？庚午夏，对联谁个写？神笔挥洒。内容精妙人惊讶，激励红军，还令敌怕。

似飞龙，如走马，恍如张旭体，难辨真假。惹得游客来拍下，微信纷发，圈内佳话。

花上月令·参观东边红军标语遗迹有寄

（中华通韵）

红军标语写东边，励兵士、把敌歼。
土豪洋鬼白军见，胆魂寒。
惶恐症，几多年。

庚午夏天标语事，今已是、汗青添。
上高县里来诗客，忆从前。
更催促、著诗篇。

注：
东边：此指上高县徐家渡镇东边村。

渔家傲·参观第七区农民协会旧址有寄

（中华通韵）

"胆坑怒潮"丁卯夏,土豪恶霸农民打。
斩断几多魔鬼爪,鲜血洒,残渣余孽精神垮。

日暖风和悬旧榻,分田仗土依新法。
翻土耕田牛与马,路人甲,农村景色欣描画。

注：

胆坑怒潮：1927年5月,铜鼓县第7、第6两区农民协会掀起了史称"胆坑怒潮"的打土豪运动。

后庭宴·参观工农革命军第一军第一师第三团团部旧址有寄

（中华通韵）

丁卯仲秋，永宁街口，夜深谁个遐思久？
想来将率第三团，清晨开赴湘东走。

浏阳匪寇一歼，威震四方然后。
浪潮将涌，形势催人斗。
万众誓一心，不愁国不救。

明月逐人来·参观工农革命军第一师第三团第一营营部旧址有寄

（中华通韵）

奎光书院，清朝初建，屯兵处、是谁题匾？
更书标语，东墙西屋见，字迹惊谁两眼？

遥想当年，多少英雄好汉，曾于此、磨刀砺剑。
誓欲灭敌，抛却诸杂念，只为苍生苦难。

醉春风·参观工农革命军第三团回师铜鼓旧址有寄

（中华通韵）

子弹红军尽，秋风丁卯紧。
更兼白匪反扑狂，恨！恨！恨！
撤退浏阳，返回铜鼓，痛哉方寸。

万寿宫中进，形势谁个论？
几多疑惑漾心中，问、问、问。
真理重提，信心拾起，又精神振！

唐多令·参观中共铜鼓县委旧址有寄

（中华通韵）

铜鼓旧风云，传奇梁塅村，载几多、县委艰辛。
革命从来征路险，叹志士，竟纷纷。

白匪与豪绅，把民祸害深，恨不休、似犬猖狺。
多少英雄丢了命，忠义骨，竟成坟。

双韵子·参观幽居会议旧址有寄

（中华通韵）

幽居会议，故人事迹，凭谁相问？
戊辰九月谁人？经验讲、军情论。

棋坪镇，豪绅震：红军至、横来厄运。
害民往日堪深，今个定、难逃遁。

注：
1. 故人：此指死去的革命先贤。
2. 棋坪镇：幽居会议旧址位于铜鼓县棋坪镇幽居村。

步蟾宫·参观丰田战斗遗址有寄

（中华通韵）

丰田之战壬申夏，早已是、汗青神话。
道谁人、布阵恁般奇？让勇士、烽尘潇洒。

螺形山上机枪架，笑白匪、尽成活靶。
弹头飞，敌阵溃，惹欢谁？更嘉奖、中央刚下。

定风波·参观红16师、红17师会师旧址有寄

（词林正韵）

欲把南浔铁路摧，以求路断匪军悲。
进占苏区残梦碎，还未，敌人猛扑两师危。

雨夜突围惊险历，奇迹，悬崖峭壁鸟如飞。
哂笑敌人枪弹费，欣慰，幽居村里展欢眉。

注：
1. 苏区：此指中央苏区。
2. 鸟如飞：倒装结构，即"如鸟飞"。
3. 幽居村：红16师、红17师会师旧址。

金蕉叶·参观秋收起义铜鼓纪念馆有寄

（中华通韵）

秋收起义前敌委，于铜鼓：指挥、筹备。
喜看工农，斧挥镰舞惊妖魅。
尽演在丁卯岁。

《军旗猎猎》诚堪慰，看红军、个个无畏。
死生不顾，丹心不忍山河碎。
血肉补缝无悔。

注：
秋收起义前敌委：即秋收起义前敌委员会，纪念馆所在地。

瑞鹧鸪·参观秋收起义阅兵广场有寄

（词林正韵）

丁卯秋收起义筹，阅兵首次大沙洲。
一声霹雳催人醒，无数工农争上游。

子弹纷飞身左右，红旗飘漾更趄趄。
几多勇士冲锋又，不靖烽烟焉肯休？！

盐角儿·参观中共万载县委旧址有寄

（中华通韵）

情倾万载，事垂万载，谁人风采？
当年县委，群英荟萃，竞施能耐。

斗白军，除妖怪，镰刀斧头豪绅宰。
盼来了、分田仗地，烧契毁约清债。

翻香令·参观中共湘鄂赣省委旧址有寄

（中华通韵）

仙源乡里旧风云，事关省委几多人。
兴经济，抓文化，与大家、戮力扩红军。

匪军围剿狗猖狂，委员多少染烽尘。
率群众，清郊野，故乡别、一路雨纷纷。

献衷心·参观湘鄂赣省苏维埃政府旧址有寄

（中华通韵）

省苏湘鄂赣，曾驻仙源，扬热血，写华篇。
为破敌封锁，工厂新添，银行建，学校办，报刊编。

游旧址，忆从前，感恩先辈感恩天。
盛世欣诗客，扬梦诗田。
初心继，红色写，欲穷年。

注：
封锁：此指经济封锁。

摊破南乡子·参观湘鄂赣省军区旧址有寄

(中华通韵)

谁个倚山居？湘鄂赣、苏省军区。
整编武装红军扩，苏区开拓，屡遭风雨，频遇崎岖。

将士累身躯，还苦了、驮物牛驴。
只因为碎敌围剿，损失不小，尸横遍野，血满河渠。

恨春迟·参观湘鄂赣革命纪念馆有寄

(词林正韵)

几许英雄湘鄂赣，烽燧里、频创神奇。
百次率工农，数载兴游击，八方觅良机。

歼敌更兼威风立，笑寇匪、魄散魂飞。
最怕山中鹤唳，还有风声，常常犹似人追。

慕上饶宝地八省通衢豫章门户先上灵山看水晶飞瀑豔草香樟奇禽异兽更怪石无数再赴蚺城鸳鸯湖水卧龙峡谷日暖提筐天阴抱酒久誉饶州创新承古万众一心正务清求富感遇熙朝贪不再问琼楼欢厦座上谁人民闻论衷肠倾吐生

孙云东，1967年生，现为中国书画家协会会员，黑龙江省书法家协会会员，山花书画院院长。

九、上饶

醉蓬莱·上饶

（中华通韵）

慕：上饶宝地，八省通衢，豫章门户。
先上灵山，看：水晶飞瀑。
艳草香樟，奇禽异兽，更：怪石无数。
再赴蚺城，鸳鸯湖水，卧龙峡谷。

日暖提筐，天阴抱酒，久誉饶州，创新承古。
万众一心，正：务实求富。
感遇熙朝，清贫不再，问：琼楼欢处，
座上谁人？民生闲论，衷肠倾吐。

注：
1. 八省通衢、豫章门户：上饶素有"八省通衢，豫章第一门户"之誉。
2. 香樟：上饶市市树。

3. 蚺城：婺源别称。

4. 鸳鸯湖：婺源景点之一，又鸳鸯为上饶市市鸟。

5. 日暖提筐，天阴抱酒：化用唐末诗人章孝标诗句："饶阳因富得州名，不独农桑别有营。日暖提筐依茗树，天阴抱酒入银坑。"

6. 清贫、务实、承古、创新：上饶城市精神。

楼上曲·参观新四军驻上饶办事处旧址有寄

（中华通韵）

新四军中多少事，天官府里频相忆。
国共联合势所逼，同仇日寇军心齐。

但见东倭相继灭，是处军民皆欢跃。
平江惨案坏团结，心伤国共又隔阂。

家山好·参观二野五兵团军政干部学校第五分校旧址有寄

(中华通韵)

信江书院旧风云,阳春日,上饶闻。
知识小伙心潮沸,竞参军。
五分校,录千人。

贵州西进驰千里,路远历艰辛。
心期解放,枪林弹雨勇搏拼。
书生似虎贲!

注:

1. 信江书院:二野五兵团军政干部学校第五分校旧址又名信江书院。

2. 贵州西进:倒装结构,即"西进贵州"。1949年9月底,为解放大西南,全体学员与由冀鲁豫南下接管赣东北的3000余名干部组成西进支队,从上饶出发,西进贵州。

苏幕遮·参观上饶集中营周田监狱旧址有寄

（词林正韵）

集中营，催命处。往日周田，囚士何其苦！
毒打活埋锅里煮，白匪欺人，手段堪无数。

叹人间，如地狱，破碎山河，借问何时补？
屋漏偏逢连夜雨，被捕囚身，前线如何赴？

玉楼人·参观上饶集中营茅家岭监狱旧址有寄

（中华新韵）

"狱中之狱"茅家岭，壬午夏、迎来暴动。
英雄曾被传闻：中毒深、久寐不醒。

成功越狱机枪弄，笑匪军、太不机警。
整天只会营营，现如今、碎了残梦。

注：
狱中之狱：上饶集中营建立之后，茅家岭葛仙庙便成为集中营禁闭室，专门囚禁周田"军官大队"和"特训班"各中队被特

务队长定为"中毒太深""顽固不化",实际上是斗争最为坚决的革命志士,人称"狱中之狱"。

破阵子·参观上饶集中营革命烈士陵园有寄

(词林正韵)

烈士陵园一进,惹思多少风云:
先烈上饶曾炼狱,《冲出樊笼》不惜身。
《铁窗烈火》焚。

酹酒碑前只为——雷公山麓忠魂。
往日风云催客奋,教我平生主义真。
红诗撰写勤。

注:
冲出樊笼、铁窗烈火:双关语,兼指烈士纪念馆中第三展厅主题"冲出樊笼""铁窗烈火"。

麦秀两岐 · 参观乌鸦弄战斗遗址有寄

（中华新韵）

枪响乌鸦弄，谁个逞神勇？
沐春寒，迎雪冻。
深夜风中影，誓将突破层层窘，虎姿威挺。

鏖战灵山顶，跨越罗桥境，信江临，江里泳。
闽北山区骋，终于碎了白军梦，喜添诗颂。

黄钟乐 · 参观甘溪战斗宿营地有寄

（中华通韵）

甘溪白匪驻一营，残害农民成瘾，围剿梦还生。
无奈我军施计对，金钟山里设伏兵。

声势虚张敌不明，出洞之蛇愚蠢，难料遇雄鹰。
山坳纷纷丢性命，惹得余孽梦魂惊。

少年心·参观上饶集中营李村高干禁闭室旧址有寄

(中华通韵)

禁闭室里高干,与白军、斗争千遍。
每每针锋以对——劝降诱骗。
更把志、壁上频添。

血可流、头能断,也不让、匪军遂愿!
正气压邪气,豪言无限。
贼听了、哪个不魂寒?!

注:
正气压邪气:时我军被囚高干在墙壁上写下了"正气压邪气,不变应万变""富贵不能淫,威武不能屈"等光耀千古的名句。

鞓红·参观广丰红军医院旧址有寄

（中华通韵）

广丰医院，红军往事，似画卷、长留旧址。
杏林妙手，永无休止，只为那、扶伤救死。

谊重情深，人民天使，彼此是、亲人胜似。
屡闻百姓，犒军白米，以感谢、医生病治。

侍香金童·参观红军岩与红军岩纪念亭有寄

（中华通韵）

赤岩山上，战斗何激烈！
数倍白军围四侧，洋炮洋枪狂扫射。
是处山石，洒满鲜血。

但见绝境下，红军无退却。
叹身骨、人人浑似铁。
弹尽粮绝都不怯，跳下悬崖，畅飞千尺。

注：
赤岩山：又名红军岩。

凤孤飞·参观中国工农红军北上抗日先遣队纪念碑有寄

（词林正韵）

八百玉山先烈，往日曾人杰。
抗日征途不歇，灭寇志、坚如铁。

众志成城心里热，谁曾料、匪军阻截！
无奈英雄流碧血，痛：黄泉离别！

赞成功·参观弋横武装起义指挥部旧址有寄

（中华通韵）

弋横起义，响应村村，农民刀舞欲冤申。
戊辰春季，霹雳如闻，流氓恶霸，地主豪绅。

世事难料，除却神人，后来革命陷艰辛。
匪军十倍，助涨妖氛，镇压暴动，炮雨纷纷。

垂丝钓·参观中共闽浙赣省委旧址有寄

（中华通韵）

葛源古镇，枫林村里闲论：
　省委曾经，谁个勤奋。
　扛大任，救弱还济困。
　抓根本，种稻田地垦。

　率民革命，时时不忘军训。
　时逢厄运，四处枪声紧。
白匪招人恨，围剿狠，欲把红军尽。

解佩令·参观闽浙赣省军区总指挥部旧址有寄

(中华通韵)

枫林村处,依山农户。
省军区、曾经谁住?
为壮红军,屡屡把、兵员招募。
入烽烟、炼成铁骨。

敌人狼虎,伤人无数。
叹红军、何其艰苦。
弹少枪缺,就个个、砺刀磨斧。
报国心、最终不负。

三奠子·参观闽浙赣省"四部一会"旧址有寄

（中华通韵）

"四部一会"处，追忆当初。
　　多少事，惹嗟乎。
苏区新省府，"四部"部门殊。
与"一会"，倾全力，绘蓝图。

　　民生改善，良策频出。
　　群众喜，劣绅哭。
求来白匪助，四处把民屠。
叹我部，锋芒避，又征途。

注：

四部一会：此指闽浙赣省苏维埃政府之内务部、土地部、劳动部、工农检查部、妇女生活改善委员会。

握金钗·参观闽浙赣省少年先锋总队、省儿童局旧址有寄

(中华新韵)

革命竞先锋,儿童少年共,几多勤奋身影。
放哨巡逻比机警,传密信,犒红军,听命令。

文化课程学,寒窗入风冷,几回小手伤冻。
热血飞扬筑美梦:期以后,做英雄,飞马骋。

胜胜令·参观闽浙赣省反帝拥苏大同盟、省互济总会旧址有寄

(中华通韵)

齐心互济,反帝拥苏,葛源村里议当初。
当初哪个?建同盟,入贫窟,济窘民、钱米布襦。

济款何来?地主送,劣绅出,痛如出血令其哭。
伤怀几许,想曾经,住金屋,叹现今、命舛被逐。

拨棹子·参观中国工农红军学校第五分校旧址有寄

（中华通韵）

腾热血，学马列，最是红军军校热。
　　当榜样、兵哥学姐。
　　横峰县、曾训学员多少届？

春来夏往寒窗夜，骨干数千欣毕业。
　　终不负、所学韬略。
　　叹往后、竞建功勋垂史册。

凤凰阁·参观金鸡山战斗旧址有寄

（中华通韵）

金鸡山上，几处壕沟暗堡。
　　曾经谁仗反围剿？
借问白军到底、来兵多少？
　　趁夏至、春天已老。

敌人虽众，却是人人傻帽。
　　登临山顶进圈套。
枪响梦醒皆叹：小命完了！
　　处处响、红军号角！

甘州遍·参观闽浙赣省红军操场旧址有寄

（中华通韵）

工程竣，操场建枫林，喜红军。
加强训练，提高本领，飞扬梦想沸青春。

归日暮，赴清晨。
学得武艺多种，不枉教员辛。
见操场、个个勇搏拼，喜谁人？
明天战场，定可慑敌魂！

殢人娇·参观九区青年社旧址有寄

（中华通韵）

乱世人杰，谁个后来英烈？
曾经是、满腔热血。
丙辰发起、九区青年社。
从此后、坚持斗争不懈。

为了光明，长熬黑夜。
饱受了、寒风凛冽。
读书万卷，下笔书千页。
为革命、献了几多良策！

青玉案·参观漆工镇暴动纪念馆有寄

(中华通韵)

农民暴动漆工镇,惹多少、敌魂震。
二百英雄挥利刃,贪官打倒,劣绅杀尽。
畅解心中恨。

扬眉吐气西窗饮,卤肉端来李家婶。
煮酒青梅天下论,分田仗土,扶贫济困。
工作须加紧。

看花回·参观红十军团军政委员会旧址有寄

(中华通韵)

往日荫桥广场谁?身沐朝晖。
誓师之后征程启,赴皖南、抗日扬威。
迢迢山路上,快步如飞。

只为山河破碎危,弹雨霏霏。
不堪前线同胞苦,大刀哥、梦了几回。
盼:杀敌灭寇,兄弟相陪。

缑山月·参观龙头山革命烈士纪念馆有寄

（中华通韵）

大地换新装，春来百草香，龙头山上好风光。
遍游风景后，山岔口，追思久，惹心伤。

重围前辈曾经陷，犹似遇豺狼。
难逃劫难血飞扬。
血扬肥草木，多少亩？双眸望，共天长。

玉梅令·参观黄村会议旧址有寄

（中华通韵）

黄村会议，定下歼敌计，敌清剿、叫他没戏。
外线攻劲旅，内线打游击，兵阵上、恁般细致。

红军智慧，白匪焉能比？诸君看、我根据地：
是处红旗漾，戮力灭豺狼，迎解放、几多人喜。

钿带长中腔·参观中共赣东北特委、特区革命委员会旧址暨富林会议会址有寄

（中华通韵）

墨客临，富林村。古屋中、旧事闻。
道是当初，左舍右邻。
家家困难，户户革命真，个个不辞艰辛。

破碎山河漫起、多少烽尘。
是谁个、夜里撰文？
明天会上，欲将意见申，撰稿又到凌晨。

月上海棠·参观珠湖暴动革命烈士纪念馆（塔）有寄

（中华新韵）

珠湖暴动谁发动？五千人、丁卯仲冬涌。
武装攻打，令恶霸、万分惊恐。
还碎了、地主豪绅美梦。

借条田契烧无剩，更几多、浮财百姓共。
世事难料，叹后来、白军人众。
让英雄、丢了无辜性命。

许兰武，男，社会调查记者，资深媒体人。毕业于中国传媒大学新闻传播学院，现居北京。

十、吉安

宝鼎现·吉安

（中华新韵）

赣中风景，望郡悠史，江南民物。
多少次、萦回心底，催我偷闲携友赴。
又笑语、漾：青原山顶，白鹭洲书院处。
更饱赏：羊狮慕景，古老香樟无数。

路上闲论吉安古。
问谁知、秦始皇苦？
一统后、庐陵始置，民众偏嫌国法酷。
古郡地、叹：王朝兴废，沧海桑田几度。
俱往矣、尘封历史，几许繁杂不述。

欣看盛世今朝，民物比昨还繁庶。
有：琼楼鳞次，商场琳琅满目。
更美味、溢馋人馥。

把酒青梅煮。
座上论：今世英雄、怎率人民致富。

注：
1. 青原山、白鹭洲书院、羊狮慕：皆为吉安有名景点。
2. 香樟：吉安市市树。

别怨·参观新四军驻吉安通讯处旧址有寄

（中华通韵）

新四军谁？驻吉安、通讯纷飞。
信息国共享，军情递送百千回。
抗日倾情誓拯危。

不料敌顽派，心狭隘、统战频摧。
残杀义士，先前协议成灰。
屡将机构毁，多少事、惹伤悲。

谢池春·参观东固平民银行旧址有寄

（中华通韵）

东固银行，岁在戊辰初创。
岂独因、平民借账？
因敌封锁，物价疯狂涨。
叫平民、怎生家养？

红军更窘，数月未发军饷。
叫英雄、如何打仗？
催兴百业，任压银行上。
幸天降、大才行长！

注：
1. 封锁：此指敌人对我苏区的经济封锁。
2. 任：此指任务。即"催兴百业之重任"。

庆春泽·参观东固平民学校旧址暨中共赣西第一次代表大会会址有寄

(中华通韵)

东固平民学校,活动涌高潮,妙招多少。红色小歌谣、宣传墙报、《讲话》新文、叫人尽说好。

苏区喜现新貌:生产竞先锋,物资多了。革命气氛浓,忠心纷表,为助红军,支前送鞋帽。

注:

《讲话》:此指当时平民学校自己编写的《农民讲话》《农工讲话》《妇女讲话》等教材。

行香子·参观东固消费合作社旧址有寄

（词林正韵）

东固曾经，困窘民生。遭封锁、经济难兴。
几多白匪，面目狰狞。
笑：苏区人，用清水，煮薇羹。

创新消费，合作谁惊？叹东固、热气腾腾。
几多工厂，日渐繁荣。
又：两分社，货千种，正经营。

两同心·参观东固赤色邮局、东固药材部旧址有寄

（中华通韵）

东固邮局、药材还蓄。
一班人、业务齐抓；两家店、红旗共举。
在苏区、虽累身躯，却赚赞语。

上传下达能续，药材富裕。
阵地里、哪个心宽？床榻上、谁人病愈？
更红军，胜仗归来，联欢畅叙。

拾翠羽·参观吉安市青原区文陂乡渼陂村红四军军部旧址有寄

（中华通韵）

庚午新春，枪响水南一带。
见红军、竞扬风采。
杀声震地，匪军奔败。
枪械缴，垂首被俘无奈。

想想白军，疆场也曾豪迈。
现如今、信心何在？
三千俘虏，竞生潸慨。
今始知：局势扭回难再。

注：

1. 奔败：溃败。宋·陈亮《酌古论·崔浩》："魏师乘胜而进，势如风雨，所至奔败，鸟窜兽伏，各逃其死。"

2. 潸慨：流泪感叹。《梁书·张率传》："比人物零落，特可潸慨，属有今信，乃复及之。"

鬓边华·参观江西省行动委员会旧址有寄

（词林正韵）

富田多少往事，因撰稿、尘封又启。
久凝眸、崇孝堂前；屡拍照、匡家屋里。

边拍边惹追思，叹我党、无人可比。
历艰险、无忘初心；受冤屈、仍存大义。

注：
1. 崇孝堂：此指吉安市青原区富田镇匡家村崇孝堂，即江西省行动委员会旧址。
2. 冤屈：此指江西省行动委员会领导人在"富田事变"中所受的冤屈。

惜黄花·参观江西省苏维埃政府旧址有寄

（词林正韵）

江西省处，苏维埃府。
又亲临，忆先人、泪流如注。
遥想当时人，革命多辛苦。
外来寇、内多狼虎。

人亡无数，屋摧几许。
燹灾年，省机关、几回迁驻。
解体后来又，围剿谁堪睹？
处处见、烈尸忠骨！

卓牌子近·参观江西省赤色总工会旧址有寄

（中华通韵）

奉献江西，有吾赤色工会。
昔日事、催人心沸。
革命运动工人，犹似洪水。
多少雇主污吏，悲梦碎，纷纷退。

势震东西南北。
权益趁机催，惹谁不寐？
让利工人，如抽血与骨髓。
怎能不、叫人垂泪！

惜奴娇·参观青原山红军医院旧址有寄

（中华通韵）

庚午之秋，血战吉安后。
我伤员、千人待救。
为救红军，杏林里、谁消瘦？
戴某，累了他、回春妙手。

伤愈谁欢？阵地上、冲锋又。
反围剿、把敌狂揍。
逞尽威风，敌魂震：山南口、北口。
更土匪、闻风遁走。

扫地舞·参观红一方面军无线电训练班旧址有寄

（词林正韵）

千里眼，哪有眼？
为何是它无线电？
情报献，无露面。
甚是安全传送远，遂人愿。

将帅喜，战士喜。
喜凭锦囊夺阵地。
知彼意，有底气。
战场威风多少次，壮怀寄。

辊绣毯·参观二七会议旧址有寄

（中华通韵）

庚午二七谁？何故地、陂头开会？
畅谈时政、分析革命、下发军令、鼓足干劲、誓歼妖魅。

任务量才分配，欢喜把、未来描绘。
闯关夺隘、斩妖除害、扬风正气、分田仗地、此生无悔。

撼庭竹·参观中共赣西南第一次代表大会旧址有寄

（中华通韵）

陂下村中开会谁？缘何汗青垂？
只因群策拯国危，为兴革命论十回。
任务四条定，详述字一堆。

大力扩红灭恶虺（huī），夺取政权催。
丹心誓补山河碎，扩大苏区铸丰碑。
分地仗田弄，群众喜开眉。

注：

任务四条：中共赣西南第一次代表大会上明确规定了赣西南党当前与今后的4大任务是：①夺取江西全省政权为总的行动目标；②彻底分配土地；③扩大苏维埃区域；④武装工农，扩大红军。

喝火令·参观东固革命根据地博物馆有寄

（中华通韵）

二次敌围剿，来兵廿万余。
势逼东固陷危局。
幸有勇兵良将，戮力保无虞。

巧用连环计，白军被我愚。
诱敌深入困崎岖。
进退维亟，路险马难驱。
弹雨仗凭风骤，令匪尽唏嘘。

注：

东固革命根据地博物馆：1977年在原东固林业站办公楼基础上建成，原称"第二次反'围剿'陈列馆"。2005年陈列馆重新装修布展，并更名为东固革命根据地博物馆。

忆帝京·参观中共前敌委员会、中共湘赣边界特委旧址有寄

（中华通韵）

攀龙书院风云事，早已盛传千里。
墨客在茅坪，又把曾经忆：
往日两机关，本领敌难比。

前委把、宏图开启；特委又、丹心以继。
赣地疆陲、湘区边界，布阵屡把敌人毙。
笑看蒋公急，梦碎徒生气。

注：
1. 攀龙书院：在井冈山市茅坪乡茅坪村。中共前敌委员会、中共湘赣边界特委旧址。
2. 前委：此指中共前敌委员会。
3. 特委：此指中共湘赣边界特委。

粉蝶儿·参观中共湘赣边界特委旧址有寄

(中华通韵)

曾铸丰碑,湘赣边界特委。
想当初、血腾心沸。
在茨坪,学马列,夜深无寐。
党团员,学比赶超堪慰。

更有后来,力反会剿无畏。
把刀挥、奋杀妖魅。
管什么、白匪众、是吾百倍!
只想它、热血洒扬无悔!

注:

党团员:此指当时党团政治训练班的学员。时特委在茨坪举办了党团政治训练班,分期分批组织根据地内的党、团员到训练班学习《共产主义者须知》,学习马列主义理论和文化知识。

三登乐·参观新遂边陲特别区工农兵政府旧址有寄

(中华通韵)

新遂边陲,区政府、曾经谁个?
为革命、洒扬热血。
率工农、斗地主,还除敌特。
拯危救亡,不分昼夜。

纵遇千难万险,依然不舍。
为支前、动员各界。
运物资、筑哨口,阿哥阿姐。
兴建医院,杏林长者。

隔浦莲近拍·参观湘赣边界工农兵政府旧址有寄

（词林正韵）

工农兵政府事，细述三千字。
志士丹心献，功勋建，于乱世。
湘赣边界地，烽烟起，打仗亲兄弟。

讲情谊，新生政府，支前更重经济。
想方设法，筹措物资钱币。
以把前方众将士、激励，冲锋不顾生死。

锦缠道·参观大井乡工农兵政府旧址有寄

（中华通韵）

大井风光，惹醉几多游客。
更休说、迷人红色。
曾经往事闲聊热：
土木房中，哪个春秋写？

叹：工农与兵，志坚如铁。
斗强敌、未曾心怯。
誓成为、乱世人杰，愿：大抓经济，以助难关克。

且坐令·参观新遂边陲特别区工农兵政府公卖处旧址有寄

（中华通韵）

公卖处，旧事今吾诉：
往时店主经营苦，备货无耽误。
酿酒杀猪，鞋韈（wā）布匹，食盐豆腐。

桐木岭、倚山南路，寻常见、客无数。
敌人封锁终难阻——
买布客、沽浆父（fǔ）。
蒋公闻讯徒发怒，谩嗟神难卜。

西施·参观湘赣边界防务委员会旧址有寄

(中华通韵)

赣湘边界旧风云,载史画千帧。
且说防务,栩栩几多人。
恍见当初:设卡黄家子、放哨老张孙。

匪军暗探机关尽,村难近、甚灰心。
这边百姓,筹物助红军。
盼望前方,我部回回胜,叫敌梦惊魂!

于飞乐·参观红军被服厂旧址有寄

（中华通韵）

雨雪霏霏，井冈山上红军，衣单裤破寒侵。
幸关怀，如炭火，温暖人心。
被服工厂，聚裁缝、一百余人。

但见人人，加班加点，清晨又到黄昏。
制军衣，缝绑腿，密线勤针。
军民鱼水，这般情、敌部何寻？

枕屏儿·参观红军物资转运站旧址有寄

(词林正韵)

丁卯寒冬,枪响遂川县里。
见红军,攻敌阵,冲锋数次。
迎炮雨,红旗举,忘怀生死。
终于将、敌人击毙。

全胜归来,俘虏物资难计。
有枪支、和弹药,更兼大米。
敌头头,肖某某,暗中垂泪。
妒黄坳、物资运起!

注:
黄坳:此指井冈山黄坳乡黄坳村,红军物资转运站旧址所在地。

碧牡丹·参观红四军军需处旧址有寄

（中华通韵）

往日茅坪驻，红四军需处。
岁岁烽烟，致使疮痍弥目。
面对难关，欣：妙招无数，觅得绝境出路。

草根煮，将士营养补。
添些辣椒红薯，或是蘑菇，美味惹谁欢舞？
更惹谁人？凭：谊浓情笃，围炉心语倾吐。

百媚娘·参观红四军军官教导队旧址有寄

（词林正韵）

桐木岭旁南路，教导队中谁驻？
革命誓言心上刻，马列赤旗高举。
政治唯先军事补，培训春秋谱。

白昼练兵磨斧，黑夜捧书燃炬。
恨不古今韬略懂，还盼打牢基础。
是故苦中无觉苦，犹似逢甘露。

风入松·参观古城会议旧址有寄

（中华通韵）

古城会议放光芒，往事又临窗：
联奎书院曾经客，为何事、夜夜愁肠？
丁卯深秋霜重，井冈山上风凉。

先前失败惹心伤，前路感迷茫。
兵家胜败寻常事，来来来、与我来商。
必定商得良策，共君剿灭豺狼。

注：
联奎书院：即古城会议旧址。

临江仙引·参观象山庵会议旧址有寄

（中华通韵）

岭畔，客满，联席会，象山庵。
人人不顾冬寒，为：振兴革命，正：形势长谈。
组织重建，适应势变，模范党员先。

群众武装如扩展，何愁不克难关。
若：土豪扳倒，可：分地分田。
游击暴动试试，马列语录宣宣。

传言玉女·参观柏露会议旧址有寄

（中华通韵）

柏露村中，巧嘴导游神气。
说个不停、戊辰寒冬事：
当初会上，满腹豪情谁寄？
畅谈革命，擘（bò）析形势。

会剿何妨？看高人、献妙计：
以攻为守，定能赢战役。
围魏救赵，危解分兵之际。
伏兵再设，可将敌毙！

注：

1. 会剿：此指敌人对我部的第三次会剿。

2. 围魏救赵：时会议决定红4军主力在外线作战，袭击赣州或吉安，以"围魏救赵"战法迫使敌人分兵回援……

甘露歌·参观井冈山革命博物馆有寄

(中华通韵)

壮志满怀何处寄？农村根据地。
革命工农不怕难，奔向井冈山。

誓把星星之火点，忠心赤胆献。
以盼燎原惊上天，妖魅鬼魔歼。

分田仗地民遂愿，管甚豪绅怨。
春季种粮秋报恩，禾黍犒红军。

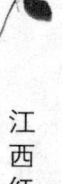

檐前铁·参观万功山红旗碑与毛家坪集中缴械纪念碑有寄

(中华通韵)

万功山,赣地雄关,难攻易守。
翠林稠、路险鬼神愁,惆怅几回山口。
张辉瓒,曾魂散,感慨在、活捉后。

悲余部、忍声哭,缴械催心凉透。
民心丧、始知难与红军斗。
悔恨当初,错上蒋公船,今现丑!

注:

张辉瓒:此指国民党军第18师师长张辉瓒,时率部围剿红军,在万功山半山腰处的水洗洞被我军活捉,余部7600余人被压缩于山脚毛家坪后亦全部缴械投降。

厌金杯·参观军民大会旧址有寄

（中华通韵）

庚午凉秋，军民大会。
涌军民、百排千队。
主席台上，报告信心催，台下沸。
口号声声场内。

响彻巴邱，震惊妖魅。
惹谁个、暗中垂泪？
叹息世变，百姓竟分田，真见鬼！
谁料穷人智慧！

注：
巴邱：此指吉安市峡江县巴邱镇，军民大会旧址所在地。

师师令·参观峡江会议旧址有寄

（中华通韵）

峡江会议，会开因何事？
且随吾去探其迷，看看那、曾经痕迹。
往事尘封君可启，释惑巴邱地。

群英开会谈局势，更将豪情寄。
几多良策会中生，专对付、劣绅污吏。
誓为农民妖魅毙，仗地分田喜。

剔银灯·参观遂川县工农兵政府旧址有寄

(中华通韵)

往日遂川县府,尽力把、工农兵护。
《施政大纲》,通俗宣讲,听懂孺童村妇。
感人肺腑,惹多少、衷肠倾吐。

地主豪绅叫苦:被缴金银无数。
毁了契约,犹如放血,况又分田分土!
人民欢舞,这里却、心中打鼓。

寿山曲·参观工农革命军第一军第一师第一团团部旧址有寄

（中华通韵）

秋收起义兵损,革命征途雨淋。
丁卯暮秋谁个？三湾村里疑询：
红军往后革命,怎树人人信心？
兵将促膝惑释,高人妙论欣闻：
改编意义终晓,主义从今更真。

注：

1. 三湾村：工农革命军第一军第一师第一团团部旧址所在地,也是"三湾改编"所在地。

2. 疑询：倒装,即"询疑"。

绕池游·参观工农革命军士兵委员会旧址有寄

（词林正韵）

士兵民主，魅炫曾经年岁。
多少事，归功委员会：
兵员训练，民运更兼戎备。
后勤诸类，尽心不悔。

当初各位，已是名垂青史。
今诗客，三湾又思起。
诗情频寄，往事如潮难已。
汇就佳句，欲传万里。

注：
1. 委员会：此指工农革命军士兵委员会。
2. 戎备：此指战备工作。

贺熙朝·参观湘赣革命纪念馆有寄

（中华通韵）

为赋新词革命赞，盛家坪探，邀朋结伴。
细观史料，畅谈英豪，展厅游遍，文物通览。

往时湘赣风云叹：数载搞游击，千次经血战。
换来江山变：民属土田、《红色湘赣》。

注：
1. 盛家坪：此指湘赣革命纪念馆所在地吉安市永新县禾川镇民主街盛家坪路。
2. 红色湘赣：双关语，兼指湘赣省苏维埃政府机关报《红色湘赣》。

下水船·参观三湾改编纪念馆有寄

（中华新韵）

游客三湾涌，无顾寒冬风冷。
脑海萦回、三湾改编情景：
红军窘，黑夜长长雨下，征途漫漫风共。

瘦身影，重筑红军梦：
部队缩编且弄。
支部新生，官兵讲究平等。
初心秉，手握钢枪听党，心系家国求胜。

许世章，自号愚人。江西省书法协会会员，萍乡市上栗县书法协会常务理事。

十一、抚州

五福降中天·抚州

（中华通韵）

抚州名声大，慕客海角天涯。
才子辈出乡，几许名家。
模范仁人志士，效仿男孩女娃。
代代贤良，似花朵朵艳奇葩。

风光也美，享盛誉——天然氧吧。
遍地几多樟树、与玉茗花。
洪门水库，景色醉人谁不夸？
更有流坑，小村千古第一佳！

注：
1. 才子辈出乡：抚州素有别名"才子之乡"，此化用。
2. 天然氧吧：抚州是江西省第一个纳入国家战略区域性发展规划的鄱阳湖生态经济区和原中央苏区重要城市之一，被誉为

"天然大氧吧"。

3. 樟树：抚州市市树。

4. 玉茗花：抚州市市花。

5. 洪门水库：抚州有名景点之一。

6. 流坑：即流坑村。位于抚州市乐安县牛田镇东南部，坐落在乐安县城西南方向38公里、赣江支流乌江之畔，四周青山环抱，三面江水绕流，山川形胜，钟灵毓秀，被誉为"千古第一村"。

木兰花·瞻仰抚州革命烈士陵园有寄

（中华通韵）

几许抚州先烈事，诗客夏初钟岭忆。
三酹酒，九焚香，洒泪断肠多少次！

痛忆匪军围剿弄，兵似饿狼洪水涌。
红军百姓几多亡，革命路途无限窘。

解踩跶·参观资溪县苏维埃政府遗址有寄

(中华通韵)

红色苏维埃府,风雨资溪县。
有谁知晓、青春是谁献?
癸酉初夏时光,鹤城镇上开张,会厅人满。

政权变,遂了工农兵愿,人人笑容灿。
后来围剿、机关历艰险。
解体之痛催生,灭敌之梦难成,惹谁伤叹?

芭蕉雨·参观石门鸣山口伏击战遗址有寄

(中华通韵)

仲夏炎天癸酉,震天枪响在、鸣山口。
吓到几多白狗,不顾艇上食盐,纷纷遁走。

水中捞起颤抖,俘虏面容丑。
贼眼暗地窥、纷纷又。
几许悔、几多愁,难掩脸上惭羞,心思毕露。

淡黄柳·参观康都会议旧址有寄

(词林正韵)

康都会议,曾聚群人杰。
会议三天人未歇。
不顾蚊虫肆咬,时局、方针畅谈热。

问题列,人人细中阅。
觅方法,找症结。
秉灯商议久、虫鸣绝。
妙计终成,锦囊亲弄,无虑关山不越!

长生乐·参观渭水桥战斗旧址有寄

（中华通韵）

弹雨纷纷渭水桥，看我旧英豪：
痛击白匪，士气震云霄。
廿四敌师前后，皆被包抄。
兵慌将乱，溃不成军竟牢骚。

求援报告，救命枯苗。
敌人毕竟熊包，终败在、圳上小村郊。
败兵残将无奈，南城竞相逃。

注：
1. 廿四敌师：此指国民党第 24 师。
2. 圳上：此指抚州市南城县徐家乡圳上村，渭水桥所在地。

千秋岁·参观乐安穷人会旧址有寄

（中华通韵）

哪些前辈，参与穷人会？
凝众力，成群队。
书中学马列，心底仇妖魅。
心底恨，汇成滚滚黄河水。

万里山河碎，无限人民泪。
磨剑戟，燃烽燧。
剑挥黑夜下，血溅贼窝内。
群愤起，老妖小鬼难逃罪。

千年调·参观中共乐安中心县委旧址有寄

（词林正韵）

壬申仲秋天，喜溢乐安县。
新立中心县委，遂了民愿。
焚烧地契，债务通通免。
恶霸妒、劣绅悲、地主怨。

后来局势，谁料风云变。
白匪围剿紧逼，处处兵燹（xiǎn）。
机关迁驻，曲路几多遍。
南村乡、望仙村、火嵊（shèng）点。

扑蝴蝶·参观登仙桥伏击战遗址有寄

（中华通韵）

登仙桥畔，山高林密处。
当初谁个？伏击兵阵布。
红军地利能凭，白匪天时不占，红白已分胜负。

在山谷，匪军果败，正如君预卜。
楚歌四起，欲逃无退路。
后无可盼援兵，前有堵截勇士，人人过街老鼠！

蕊珠闲·参观大湖坪整编旧址有寄

(词林正韵)

大湖坪,名村地,国宝公祠谁驻?
整编忙碌谁人?待吾讲叙:
细研形势,理清思路,老彭老滕辛苦。

更风雨,几回斜入住处。
浸湿衣衫难顾。
为求方案,且任雨狂风舞。
烛燃灯盏,影临窗户,鬓霜又添无数。

注:
国宝公祠:大湖坪整编旧址。

秋蕊香引·参观红一方面军临时总前委第三次会议旧址有寄

（中华通韵）

沙子岭。
红军开会，夏初辛未，总前委，决策定。
建宁欲打心潮沸，竞相把缨请。

刀剑砺，只等将军下令，显神猛。
未来闽地，看我夺全胜！
缴枪械，擒敌首，汗青彪炳。

隔帘听·参观中革军委会议旧址有寄

（词林正韵）

甲戌暮春风夜，会议人无歇。
相陪更有星和月。
决策下关村，欲将敌灭。
命令接，血腾腾、几多人杰。

心如铁，操刀挥钺。
策马关山越，群峰路上纷纷别。
隘口雄关觅，占先兵设。
此谋绝，轻松把、匪军拦截。

酷相思·参观广昌县革命烈士纪念馆有寄

(词林正韵)

白匪疯狂枪炮扫,第五次、来围剿。
叹:残杀红军真不少。
抢掠尽、如强盗;淫乱广,如强盗。

往日风云成史料,墓穴内、英雄老。
叹:忠骨三千肥绿草。
天宇碧、风光好;花朵艳,风光好。

注:
1. 第五次、来围剿:土地革命战争时期,广昌县是中央苏区的北大门,是第五次反"围剿"的主战场。
2. 忠骨三千:纪念馆院内建有红军塑像、陈列馆和烈士公墓。据史料,广昌县在册的革命烈士有3378人。

郭郎儿近拍·参观红军教导团旧址有寄

(中华通韵)

筑梦,红军教导团中,多少人杰学业竞。
身影,陋室灯映。
三更书捧人人,不顾风狂寒夜冷。

时政,最是关心,另有马列书等。
练武清晨,行军日暮,演兵忙北岭。
为将来、本领学精,疆场厮杀方可胜。

越溪春·参观红一方面军总部会议旧址有寄

（词林正韵）

黄柏岭村军事会，谁个喜开眉？
昨儿大捷东陂镇，蒋匪军、心碎魂飞。
强势曾经，如今怎地，围剿崩摧？！

群英荟萃炉围，开会欲何为？
远方三点四处炮响，牵情惹恨回回。
商得远谋将敌灭，功绩万年垂。

踏青游·参观黄陂战役纪念亭有寄

（中华通韵）

遥想黄陂，癸酉仲春霹雳。
把匪军、吓得心悸。
更红军，布兵阵，伏兵山地。
这般计，识破确非易事，莫怨蒋公伤泣。

佯战南丰，援兵惹来轻易。
仗山险、红军隐蔽。
待敌军，临迷阵，通通歼毙。
真解气！反剿又赢一次，功绩永垂青史。

诉衷情近·参观中共闽赣省委、省革命委员会旧址有寄

（中华通韵）

暮春癸酉，闽赣新成省委。
倾情革命谁人？尝尽苦辛不悔。
革委夏初还立，率领军民，战斗堪无畏。

山河碎，助纣更兼土匪。
劣绅污吏，祸乱心机鬼，千秋罪。
害得遍处，疮痍满目，惹人垂泪。
誓把敌人退。